JN250587

はしがき

みちのくの百姓衆は、物言わぬ人と称せられる。もっともそれも時と所とによろう。もともとわが国では、たとえば「足らぬがよし」とか、「あざやかに過ぎてあしし」（南坊録）などと教え、また実際に物言えば唇が寒かったり、はらわたが見えたりするものと考えられたりして、沈黙が金とせられたので、あながちズウズウ弁の故のみではなかった。

しかしながらよそ者をまじえず、隠密（おんみつ）もスパイも心配がいらない、仲間同士、がが同士、一家同族、顔見知りのものが集まりさえしたら、実に多弁でよく語る。老いも若きも、いろりをかこみ、燈火のもとで、いわく因縁（いんねん）からデホウダイ（出放題）、ボガ（ほら）に至るまで、上品ではないが、あごをとかせ、おへその宿がえをさせるような話がとび出してくる。雪の消えるのがおそくて、霜の来るのが早いみちのくでは、ほとんど半年近くを家にとじこめられる。そこで民話があたためられはぐくまれる。しかしそうした一面に、短い夏は、死物狂いの労働がつづく。恵みうすい出来秋に望みをかけながら、昼夜を分たず、晴雨にかかわらず、身を粉にしてはたらく。仕事に追い立てられ、貧しさに追いかけられる。つらい労働が次第に機械にうつされて、今は次第にほろびつつあるけれど、田植え、草かり、木やり、地づき、すべては歌にまぎらして、労苦を忘れたものであった。

この書には、そうした百姓衆に語られ、歌いつがれて来たものを集めて見た。じきに百姓衆を主題にしたというよりも、むしろ百姓衆の信仰や思想、ひろい意味の生活をあらわしているものである。誰か知恵者が百姓衆について語った作品ではなしに、百姓衆が自らを語ったものである。百姓衆にとって尊いものは、神さまと王子たちであった。ただこの書は一般の民俗信仰を伝えるものではないから、めずらしい物語のともなう神々をとり上げたが、それでも尾崎明神などは、あるいは土佐の七人ミサキや、対馬のミサキ（御前）などとくらべられるかも知れない。それはともかく神さまと化物との境が、きわめておぼろげであるから、イズナモチ、ミコ（イタコ、オカミン）などのはたらく世界もひろい。山に行けば大男が居り、水辺には河童がすむ。かわったことはかわったなりに、百姓衆の持ちあわせた知恵で、それを何とかかたつけなければならなかった。そこに百姓衆の心のともし火がもえて、神話、伝説という形の民話をのこしたのであり、それを裏づけるものは、百姓衆の心意生活に外ならなかった。

何と言っても百姓衆の日々は、土についた生活である。藩境、村境はもとより、田、畑の境も寸分を気にする。従ってほかのことにはだまったり、ぼんやりしていても、境を見つめる目はするどい。「我田引水」といわれるほど、水ひきには血の雨さえ降ることがある。実際には日照りがつづいても、雨が過ぎても秋のみのりにさしひびく。時には一年間の汗の結晶を、まるきり失うような災害におそわれる。運命としてあきらめ、だまって忍従して来た。誰に訴えようもない。貧しい日日が、そまつなたべものにもあらわれている。どこまでも内攻して、家族関係にゆがみも生まれる。親子、兄弟、まどかには行かない。地頭、お役人にはいばられる。どんなに百姓衆に理があろうと、昔から泣く子と地頭とには勝てない。はかない正義感を、鳥や獣に托してちらりちらりとのぞかせてくれる。隣家に火種をもらいに行くことも、大正初期まではまだなかなか行われた。山びこ学校みたいに、よその地方では思いもよらないようなことが、語りつぎ、話し伝える民話を裏づけて、あながち過去のものでもなければ、空想の産物でもなしに、みちのくの山村には、なまなましくのこっている。しかしまたそれはただおくれた開けない土地の、貧しい人々のみのものではなくて、どのみちいつの世にか、ひろく私たちの祖先が、一度は通ったことのある道なのである。それがよその国々では、多くの努力がかさねられ、はるかな進歩をとげて、今ではもはや意味が忘れられ、形ばかりが因習として伝えられたり、あるいは迷信としておしのけられながら、心の隅のくらがりにはやはりまだかけらとして遺っている。そういうものを見きわめようとする民俗学徒などから、みちのくが宝庫視せられるのは、まことに故あることで、この書はもとより民話、歌謡を集めているけれど、またその宝庫を開くカギがひそんでいるかも知れない。そういう意味で、みちのくの人ばかりでなしにひろくよその人々に、また年少の人々ばかりでなく更に多くの人々に、ほんとうに読んでいただきたいと思う。

附録に収めた「村の生活から」は、現実の百姓衆の生活を理解する手がかりとして、百姓家に生まれた一女性の手記をとったものである。

なおみちのくの百姓衆の生活の経験には、けかち（凶作）もあれば百姓一揆もある。それを伝えないのは、たしかに片手落ちのそしりを免れないが、しかしまたそれを書けば、優に一巻の書を成して余りがあるので、それはまた別の機会に譲ることとし、本書ではこれをはぶいた。

昭和三十三年五月二十五日

大溪　及川儀右衞門

みちのくの百姓たち　目次

はしがき　1
蚕養の宮　12
ひなの王子たち　15
一　流され王　15
二　ノギノ王子　16
三　高倉宮　17
尾崎明神　20
人が石となる話　22
与次郎稲荷　27
犬の宮　29
イズナ（飯綱）　31
化物屋敷　34
化け猫　37
一　辻堂の化け猫　37
二　化け猫の家　38
三　化け猫と弓矢　39
四　三左衛門猫　40

五　正法寺の猫　42
蛇退治と蛇よけ　44
一　磐陀湖の大蛇　44
二　おみつと蛇　45
三　蟹と蛇　48
四　花淵善兵衛　52
河童とヌシ　54
魚への仇討　59
孫太郎虫　62
鮭の大介　65
鹿（しし）コとり　67
動物小話　71
一　雀とキツツキ　71
二　ミソサザイと猪　72
三　鳥とフクロ　73
四　蛇とミミズ　74
五　雲雀とウズラとヨシキリ　74
六　兎と雉　77

七　雲雀と鼠　79
八　唐糸からす　79
九　猫とネズミと狐　80
十　サルとカニ　81
十一　蟻と蜂　82
十二　時鳥とナンバン鳥　83
山のバッコ　85
境を見つめる目と目　87
一　村上道慶　87
二　三平長嶺　89
三　駒が岳の馬　89
四　ヒヤ潟と秋田の嫁　91
水ひき　93
一　猿　聟（むこ）　93
二　水ひき地蔵　95
雨ごい　98
一　ぬれ楽師　98
二　雨降り地蔵尊　101

鼻とり仏　しろかき仏　103
たべもの　107
一　ケェモチ　107
二　とってなげ　108
三　み　そ　109
四　餅と酒　113
五　かてもの　114
ゴゲガガ（継母）と子ども　116
一　お月とお星　116
二　カツ女　118
三　与次兵衛　121
はらから　123
一　かけ椀太郎　123
二　ヒョウタン観音　125
三　赤淵の龍　129
四　海の塩　130
五　度胸だめし　132
お菊の水　134

膳貸し沼　137
沈んだ鐘　139
仲のよい山　わるい山　142
山男とダイタラボウ　145
一　吾妻山の山男　145
二　百合若大臣　146
三　鹿狼山の手長明神　146
四　駒が嶽の大太郎　147
五　八郎潟の八郎太郎　147
六　鬼沢の大男　149
七　秋田の三吉　150
八　森吉山の鬼　153
九　嶽の湯の大男　154
十　大男貞任　154
十一　東根太郎　155
十二　羽黒山のデェデェ坊　156
十三　力士の大男　156
おぼう力　159

茨木童子　161
ひょっとことこけし　164
トノサマの評判　168
十三塚　176
逃げ口上　179
あらくろ　181
鳥追い　184
手まり歌　187
麦打ち歌　196
盆おどり歌　200
方言四季の詩　205
子守り歌　207
わらべ歌　211
大漁節　223

附録　村の生活から　226

カバー　松川八洲雄

蚕養の宮

福島県伊達郡飯坂に、機織宮（はたおりみや）、蚕養（こかい）宮などがあり、機を織る乙女、蚕を養う百姓たちに敬われている。機織宮は小手姫をまつる社で、姫は大和国高市郡の郡司峰能（みねよし）というものの一人娘であった。仁徳天皇が、秦（はた）氏を諸国につかわし、蚕を養ったり、機を織ったりするわざを教えしめた時、姫もまた父に従い、はるばる陸奥の伊達郡にくだった。何しろ都に近くて早く開けた大和育ちであり、片山里の人々から見れば、ふしぎな業を身につけている姫のこととて、地方の人々とは心も合わなかったし、つい婚期を過ごしてしまった。生まれ故郷の大和は、はるかに遠い。いつか夕暮のさびしさに、そぞろあるきをしながら、今は身まかった父の跡を追い、大清水という池に身を投げて、はかなくなってしまった。村人は姫のなきがらを埋め、これを祭って機織宮、服部御前（はっとりごぜん）宮などと呼んだが、この池のほとりを嫁入りの行列が通ると、水の中にひき入れられるというので、これを避けたものである。

同じ機織御前社でも、安達郡塩沢のものは、天から降った織女をまつっている。昔、この地に至って正直なお爺さんとお婆さんとがあった。山の木をきって、細い煙を立てていたが、ある日のこと、脚に七夕の短冊をむすびつけられた燕が、木の枝に糸がからみついて、飛べなくなっているのを見て、これをほどいて助けてやった。それを空から見ていた織女星が、大そう感心して、この貧しい老人たちを富ましてやりたいと思い、自ら機織る道具をもって天降って来た。それは美しいお姫さまで、お爺さんの家で、毎日りっぱな布を織ったから、近所かいわいの評判が高くなった。二本松のとのさまである畠山高国という武士が、これを聞いて、一日そのあたりに狩に出かけ、機織り姫を一目見て、奥方にほしいと思った。そしてお爺さんには、たくさんな禄をやって、姫をお城につれていった。高国と姫との間に生まれた一子松王丸が七歳になった七夕の日、姫は夫や子と別れて、天上に帰り去りた。松王丸がその母をまつったのが、この機織御前社だと伝えられる。

蚕養社に祭られている金色姫は、天竺（印度）の霖夷大王の王女であった。たちの悪い継母のために、空舟に乗せて流された。それが幾日か海をただよい、風にもてあそばれ波にもまれて、はるかな東海に流れ、常陸の国の豊浦の港についた。あまり美しいので、浦人はこれを助けようとしたが、海上長途のつかれ、とうとう亡くなってしまった。しかしその身が化して蚕となり、わが国の蚕の始めとなったから、姫は養蚕の守護神として祭られたと伝えられ、養蚕の盛んな福島県下には、あちこちに祭られている。

註1　織、縫に関係ある人々が、社会的に重んじられたことは、ひとり、みちのくに限らなかった。帰化韓人である天日矛の妻阿加流比売は、難波ではヒメコソ社、肥前では織女神に祭られ、呉から来朝した人々は、筑前の織幡神社、摂津池

田市の呉服神社（下社）、穴織神社（上社）などに祭られている。みちのくでは、よほど近い世代まで、マダ、藤、葛などが布に織られ、絹は百姓たちの衣料でなかった。

註2　下総では、蚕は聖武天皇第三の皇女、松虫姫の化身だと伝える。姫は継母のにくしみをうけた上に、浅ましい業病にかかったので、日ましに虐待がひどくなった。護衛の士がこれを見かねて、ひそかに奉じて関東に下り、印旛沼近くまで来ると、そこで急になくなってしまった。それで印旛郡六合村の松虫に葬むり、菩提のために松虫寺を建てた。蚕はこの姫のナキガラから生まれたのである。シナの捜神記や神女伝の系をひく、王女に恋した馬が、殺されて皮をはがれ、その皮で王女を包んで共に蚕に化し、馬鳴菩薩となったり、あるいは死して蚕となり、後に真綿となって王女の肌に添うという物語は、「おしらの本地」に、その面影を伝える。

ひなの王子たち

一　流され王

盛岡の南部藩には、昔からの伝えとして、流され王の物語があった。ある時一人の行脚僧が、今の花巻市の瑞興寺にやって来て、仏壇の上にのぼり、本尊の阿弥陀如来と並んで立っていた。寺僧これをあやしみ、その不都合をなじると、行脚僧は、
「われはもとこれ四海一天の主であるから、
地下人と同じ坐にすわるべきでない」
と答えた。そこでこれを流され王と称したが、実は吉野で位を譲られた長慶天皇が、行脚僧に姿をかえて、みちのくの南部氏をたより下向せられたものと伝えた。その頃、三戸(さんのへ)郡斗賀(とが)の長谷寺には、皇弟大信明尊和尚が、帝にさき立ち下って来て居り、流され王をここに迎えて奉仕し、おかくれになった後は、三戸の並玉が崎に葬むったと伝える。後世、みちのくにも長慶天皇の御遺蹟ありと称するようになったのは、この流され王の話が源である。

二　ノギノ王子

昔、岩手山附近一帯には、まだ住む人もなかった頃のことである。それよりもずっと北の方にある八戸地方が早くから開けていた。ある年八戸地方に荒鷲がとんで来て苗代を荒らし、百姓たちをなやました。そこで、どこのものとも知れぬ、たまたま廻って来た乞食を雇入れて、苗代の番をさせることにしたけれど、やっぱり荒鷲がやって来て、苗代を荒らしたばかりでなく、小児をまでもさらってとび去った。番人の乞食はびっくりして、藁ハバキを結んで跡を追うた。鷲は一気にはとばない。とんでは休み、休んではとんで、あやうく捕えられそうになってはとび、またつかまりそうになってはとび立つという風で、遂に岩手山まで追うて来た。そして山腹の大岩にとまると見ると、忽ち神の姿に変じ、

「余はこの山の神霊である。この山が開かれることを望み、鷲に姿を変えて汝をおびき寄せたのだ。願わくはこの山を開いて余を祭れ。汝にノギの王子という名を与えん」

と言うと見えて、小児と共に姿を消した。ノギの王子は一度八戸に帰って見たが、苗代は少しも荒れていなかったので、里人に事の由を告げ、共に力を合せ路を開いて神霊をまつり、岩鷲山と呼ぶこととなった。この山の登山者が御本社で唱える旧来の祈禱詞は、

南無岩手大権現シメノゴウ御峯は三十六童子、御宮本社は三社の権現、田村明神ノギノ王子一時に御本尊ワラハバキの一時礼拝

といい、すなわち能気王子藁ハバキをつくって奉納する風習が今も存し、またノギノ王子は、征夷将軍田村麻呂が宮城野附近でわりなき仲となった阿久玉姫との間に生まれたものであった

とも伝えられる。

三　高倉宮

福島県会津郡八総（はっそう）の東、中山峠というに竹杖原とよばれる所がある。峠の急な坂路をのぼり、実はほっと一息いれるところなのである。昔、宇治の戦に、平家の大軍のためにもろくもやぶれた高倉宮以仁（もちひと）王は、東国に下り更にこの地をよぎられた。道があまりにけわしくて、なれない旅に難儀せられるのを見かねた一村翁は、路傍にある栗の木の枝の間に実をつけているのを折って、宮のたずさえられた竹杖にさして進めた。宮はこの原にいこいながら、珍しいその栗の名をたずねられたが、翁は小柴の栗で格別に名もないことを申上げると、宮は立ちどころに、

みちのくの南の山の小柴栗大宮人は知らで過ぎ行く

と一首の和歌をよませたもうた。それから中山峠を越え、また石によって休まれたという腰掛石は今は失われたけれど、小柴栗だけは昔ながらにこの附近に見出される。その実が小さく、榛実に似て刺があり、普通にいう柴栗とは、別種のものとせられている。

会津盆地から越後の魚沼郡にこえる境にそびえる高倉山には、以仁王がまつられている高倉神社がある。王は宇治の合戦に破れてから、田原又太郎忠綱がはからいで、東海道から甲斐、信濃の山路を経て、上野の沼田を過ぎ、高倉山の峯の上に庵をかまえ、天寿を全うせられたと里人は伝えている。そして山の上に御墓をつくり、これを石神とも御廟山ともいい、高さ三、四尺、径九尺ばかりの封土の側には、台石の左右に十六輻の車輪をほりつけた車形の石塔様の

ものが建てられて居り、これをめぐって会津地方のあちこちに、王をまつる高倉神社や、王をめぐる人々の話がのこっている。すなわち大内の御側原には侍女桜木姫の墓、戸石の王妃の墓の御前社、戦死した侍者たちを埋めた大沼郡長岡館の十五壇などが知られるもので、更に越後の蒲原郡には、栃堀の鍋倉という所に御生害峰という山があり、以仁王御生害の地と伝えられる。そして周八、九間、深さ二丈ばかりの草木が生えない土穴で、ひでりの年に雨を祈ればシルシがあり、一に時雨御竈ともよばれた。

註1　高倉宮については、玉海に「駿河国を経て奥の方に向う由、土人から告げて来た伝聞」を記し（治承四年九月二十三日の条）、また必定生存して居られると見え、伊豆に下着して、甲斐在国の仲綱が仕えるという伝聞をも伝えているから（同年十月八日の条）、里民の物語がこれにつながるのも当然であった。しかし白鳥と化して祭られた日本武尊ばかりでなく、たとえば遷幸せられて王沢宅（やしき）におわした武烈天皇をまつる宮城県栗原郡真坂の山神社（封内風土記）、敏達天皇の第五皇子五の宮をまつる秋田県平鹿郡大沢の五郎宮（雪の出羽路）、崇峻天皇の皇子蜂間王子を開山としてこれを山形県羽黒山にまつる蜂間神社（羽黒山旧記）、鎌倉で害せられた護良親王の御遺骸が、空舟の箱に納められて流されたのが漂着して、葬り奉った所にまつったと伝える秋田県男鹿半島増川のトドウノ宮（渡大塔）という当殿八幡宮（絹篩）さては身もとのはっきりわからぬ東平王というものを葬むった宮城県名取郡千貫松山の古塚など、みちのくにも人々が仰いだ王子たちの数々の物語がのこされている。

註2　ハバキは脛当で、脚絆、ゲートルの前身、鈴木牧之の『北越雪譜』には、ハツハキとして藁製のものの図を示している（二編一巻）。布や麻、楮などでつくられる以前には、藁、藤の皮、望陀（マダ）の皮などでつくられ、雨雪の多い奥羽では、ケラ、ミノ、腰ミノ等とともに、行旅はもとより、伐木、土工、採鉱など働く人々になくてはならない装身具であった。十和田湖の主となった八郎太郎は、麻多（マダ）の皮をはぎ渡世したというが（吾妻むかし物語）、『鹿角縁記』には、十和田山人三九郎が、折々マダの皮を山の如く背負い来って土人に与えたことを記し、「方言にまだの木と云あり、此木の皮を剝ぎ大釜にて灰を入り（れ）よく煮揉、晒して荒き布に製して鰯を捕るの網となし、又綱にして用ゆるに丈夫なる

ものなり。このまだ布は、土人賤が女の手業にしてなれるものなり。蝦夷人の着るあつしと云ものも、このまだの木の皮にて、糸細くして織りしまだ布の事なるべし。此木級（シナ）といへるのよし、盛衰記大仏殿造営の所に、信濃国に多し、級の皮はぎに仰て奉らせしといへる事あり。」と見える。会津耶麻郡檜原村でも、村民が木地をひき望陀の皮を剝いで生計を立てたことが見え（新編会津風土記五八）、マダが大切なものであった。陸前宮城郡市川には、阿良波波岐（アラハバキ）神社というがあり、塩竈社の末社で参る者脛巾（ハバキ）を献じ（封内風土記）、塩竈明神が東海で塩を煮た時、御脚にアラハバキを当て、山々から塩木を伐り出したからこれを神号とし、国勝長授命をまつるという（嚢塵埃捨録）。玉造郡上一栗にも、アラハバキ権現社があり（封内風土記）羽後国仙北郡安城寺村のアラハバキ権現は、柳原十一面観音と称し（月出羽道）、岩代会津郡赤井や湊などの荒脛巾神社は、祭神を金山彦命となし（新編会津風土記）、武蔵大宮の氷川神社では、豊磐窓、櫛磐窓の二神を祭神とする門客人社（摂社）を、古く荒脛巾神社と称したことを伝え（武蔵風土記稿）、ハバキと神との関係が、岩手山だけに限らなかった。働くものの必需品であったから、仕事の保護神と仰がれた神々には、これを奉ったものであろう。ただ鷹は死んでも穂をつまずで、苗代を荒らすのは、鳥、雀の類で鷲、鷹ではないが、この説話は別な意図をもつのであるから、深く吟味しないことにする。

因に南部藩では、藩主が美濃守を称したから、ミノをケラと別称したと説くものがあるけれど、ミノは雨雪を本旨とし、ケラは兼ねて物を負うために背に当てるものを指し、古称であると考えられる。

尾崎明神

尾崎明神は、陸前から陸中にかけ、いわゆる三陸海岸の名勝の岬角にまつられている神で、特に岩手県気仙郡赤崎、釜石市の尾崎、下閉伊郡閉伊崎のものを三尾崎という。その祭神については、日本武尊、アジスキタカヒコネノ神など称せられ、赤崎の尾崎明神は、熊野権現を尊信することあつく、老に至るまで毎年参拝に出かけたという陸前の名取老婆が勧請したものと伝えているが、これに鎮西八郎為朝と大島五島管領の広沢三郎忠重の女との間に生まれたという為頼（頼基）を合せまつったのは、閉伊田鎖氏の出自を説明しようとしたものである。

為頼は平氏全盛の世を忍び、近江の佐々木高綱にかくまわれ、源頼朝が兵を挙げると、これに従って平氏を討ち、屋島の戦に抜群の功を立て、閉伊武者所に任ぜられて文治五年に下向、海路を今の宮古に到着した。後、田鎖すなわち今の下閉伊郡花輪の根城を根拠とし、田鎖氏の始祖となったという。そして父八郎為朝の追福のため今の千徳（昔の花原市（けはらいち））に華厳院を建立し、更に領内のうち海上につき出た崎で、はるかに大島五島を望念し得る閉伊崎、釜石の尾崎、気仙の御崎の三所に山伏を置いて、法要を修めさせたのが、そもそもの尾崎明神のはじまりである。かくて承久二年、為頼は死にのぞんで、陸上に自分の墓をつくることをとどめ、屍に藤衣を着せて棺に納め、最も長く海上につき出た釜石尾崎の浜に水葬すべきことを遺命した。そこで死後近臣相はかり、その意の如くにして海上の守護神にいつき祭ろうとしたら、為頼のナキガラは三分し、頭部は釜石尾崎、脚部は閉伊崎、胴部が気仙の御崎に流れついた。里の人々はこれを奇とし、それぞれの地に葬むり、藤の木を植えてそのしるしとした。その後東奥の霊地として巡礼の場所となった。為頼が生前から愛していた藤の木は、今も社頭にしげって神木と仰がれ、これを伐れば神罰があるものとして相戒めている。

航海するものにとって、星、山、海角は、その目じるしとして、あるいは風波をよける所として、大切な尊いものであったにちがいない。三陸海岸は名勝ではあるが、きり立った岩の壁が海にせまり、はてなき海洋が遠く空とつらなって、寄辺とたのむ港が少い。異国の天妃(てんぴ)、媽祖(めそ)がとり入れられる前から、海上安全、大漁などの保護神としてまつられたのがこの尾崎明神で、薩摩の野間山(のまさん)の野間山権現は、海に身を投げた媽祖のなきがらが流れて来たのを葬ったものといい、港の神、航海の保護神と仰がれるものである。

人が石となる話

一

福島県石城郡夏井の大乗坊山に女房石というものがある。昔、与作という漁夫の妻が、海上遠く出漁して、帰って来なかった与作のために神や仏に祈願した。そして山にのぼっては、はるかな海を望見し、泣きながら石になったものとせられ、今に伝えられる。

二

岩手県の気仙郡と上閉伊郡との境上に、五葉（ごよう）山という神山がある。その下有住口の登山路に、巨石が残っているが、昔、この山が女人禁制であった頃、一老婆が禁を破ってのぼりはじめた。するといきなり巨石がころげ落ちて来て、老婆をつきおとし、麓近い今のところにとどまり、老婆を圧殺してしまった。

三

同じ岩手県花巻市の矢沢というに胡四王社がある。北向の薬師といわれたこともあるだけに、珍しく山の頂に北むきの社殿をもち、大昔には峰火台でも設けられて、合図のカガリ火などたいた跡かと思われるところである。この社のけわしい参道には、中腹のしかも道のまん中に化女石(けじょ)というものがある。やはり女人禁制であったこの山に、禁を破ってのぼって来た女人が、ここまで来ると神罰をうけて、石になってしまったと伝えられる。

四

女人でなくても、悪業をかさねた罪障の深い男女が、通れない路、渡れない橋などというものがあちこちにある。青森県下北半島の恐山は、血の池地獄があり、それから流れ出る三途川(さんずのかわ)があり、十王や脱衣婆が安置せられ、一山さながら地獄の姿をあらわしている。そして三途川には、三途橋という太鼓橋がかけられていて、これが因業の悪い、心のきたない、罪深いものは、どうしても渡れないという渡れぬ橋として知られる。そういう人には橋板が糸でもならべたように細くて足もとが危く見え、思わず先方を見ると、橋畔の柳が大蛇の如く、自分におどりかかりそうであり、身をかわすと、背後の鬼石が目をかがやかして退路を断ち、進退きわまり立ちすくむというのである。

登山路がけわしいために、同様な人が通れないというところは、羽前の鳥海山にある。関西では四国の石槌山でも聞いたことがあり、信者をためす踏絵などとはちがい、こうして不信不浄の徒がためされた。

五

秋田県平鹿郡の保呂羽山の中にも、守子石というものがある。女人禁制のこの山に、守子という女が、強いて登って石に化したものという。男鹿の赤神(しゃくじん)山の登り路には、イタク杉と犬子石とがある。やはり女人禁制のところを、巫女が犬をつれて登り、たちまち化して女は杉、犬は石となった。イタクは巫女をイタコ、イチコなどいうみちのくの同じ方言で、アイヌ語に話す、能弁などを意味するイタクから来たものとせられる。今でも赤神山の九十九階の石段を、不浄の女が三段以上のぼれば石になると言われるが、この石段は鬼がつくりかけて、もう一段というところで、鶏鳴のために成らず、捨ててのがれたと伝えられるものである。守子とは実はイタクのことであり、また赤神山の鬼は、もと漢の武帝に仕えたもので、一年に一度、正月十五日に限り、里に出て来てあらびることを許されたのが、秋田のナマハゲであると言われる。

六

岩手県東磐井郡八沢(やさわ)の立石神社に、高さ六十二尺、周百六十八尺という、稀な大石がある。昔、平泉の中尊寺に猿楽があるというので、一人の僧が十余人の子供たちをひきいてこれを見に行こうとしたら、村の人からもう猿楽がすんでしまったと教えられ、がっかりしてこの石となったもので、小さい石十二、三と併せて、みな平泉の方に向いている。いつの頃にか、石工がこの石をきり、工事に使おうとすると、大蛇があらわれて石を巻いたので、その後この石は大切にせられて今に至っている。

註　男鹿の派神に、鬼が石段をつくる話は、私の別著、みちのくの長者たち、長者になりそこねた話を参照せられたい。

石を不浄なものとしたり、あるいは禁制を犯したためにその罰でできたものとしないで、むしろこれを神聖なものとし、生きて生長するものとし、あるいは抱いて子を授けるものとすることは、屢々その例があり、従ってこれにまつわる物語も少くはない。信濃の諏訪神社上社には、七石、七木湛（たたい）ということがある。上社物忌令によれば、七石というのは御座石、御沓（くつ）石、硯石、蛙石、小袋石、小玉石、亀石などをいい、古くから存在した自然石崇拝の名残とも考えられる。そのうち御座石は、祭神の降臨影向せられる石、つまりこれに降って来て姿をあらわされる石であって、御沓石というのは、そのハキモノを置かれた跡がある石である。また小袋石は子種石と同じく、子孫の出生に関する信仰を物語り、小玉石も児玉石であって、石の分出なり生長なりを信仰してある種の霊があることを認めたもの、いずれも岩石をゆかりとして、神盤が降臨したり、憑依せられるという古代信仰を伝えるものである。かかる例はみちのくにも多く、たとえば陸前塩釜市の塩釜社にある高さ八尺余の御影石は、御姿をうつされたものといい、方七尺ばかりの腰掛石は、明神が塩汲みの途腰をかけて休息せられたものと伝える。また陸前気仙郡唐桑邑の御崎神社の馬蹄石（ひづめいわ）の如く、神明降臨の際のる所の神馬の蹄を印するものは頗る多く、この社には更に白鹿に乗って逍遥せられた跡と伝える鹿蹄石（ししあといし）というものさえ残っている（田辺希文封内風土記）。こうして石が霊異のものとせられるから、やがて成長して大きくもなれば男女の性も附せられ、子石が生まれ、それが成育や出産などに連関する信仰をも生ずる。神功皇后が外征の御壮挙を遂げられんため、御出産の期をのべさせ給うよう祈念せられ、その時使用せられた鎮懐石というものが、筑前から壱岐、対馬、更に飛んで伯耆の大山にもある。地を震動せしむる大鯰をさえおさえ得る常陸鹿島神宮の要石も、こうした石の作用に関係がある。志田正徳の撰述せる『信達一統志』五巻の余目荘に記する子持石の如きは、

　石ヶ森の南二町許に在り。此石希代の物なり。石上に小さき穴あり。其穴より小石を生むと云。婦人産に臨む時此生れたる小石を頭に掛て産すれば必ず産の難みなしとなむ。世人大に尊信せり。

と伝えられている。安芸国安芸郡瀬野村や、高田郡川根村、備後国双三郡藤兼、本村などにある生子石（おいこいし）神社という石神は、厳島神の分身といいながら、里俗オロシコ明神といい、間引、子おろしの神にもなっている。柳田国男氏は、ミサクチ・ミシャグウジ・シャグジ・サクジ・オシャモジと称して、御左口神・御作神・御社宮司・社軍陣・遮軍陣・赤軍陣などの文字をあて、これを㈠石体神、㈡田畑の尺を計りし後、その尺を神に祈りし故、尺神又は尺地という、㈢社宮司といふ神

に奉仕するもの、㈣ミサク・サクチという古く噛んで醸した酒など、種々の意に解せられている語をとり上げ、この方面の部門を解明して、明治四十二年『石神問答』の一書を成されたが、実に古い時代には、岩石が神の降臨影向する憑代(よりしろ)であったばかりでなく、それが崇拝の対象たる神体でさえあった。

与次郎稲荷

関ケ原の戦後、常陸から秋田に転封となった佐竹義宣が、土崎の仮城から久保田（秋田）の本城に入ったのは、慶長九年であった。ところがその新しい城で、毎夜、夢魔にうなされ、びっしょり汗をかいては目がさめて、後味が悪い思いをつよくした。修験、護持僧の祈禱など、いろいろの試みも効果がない。そこで武家の法式により、蟇目の法をとり行ったところが、一疋の老狐があらわれた。そして佐竹侯の築城により、久しく住み慣れたスミカを失ったので、新しい住所を賜わりたいため、それを願う術もないので、夢枕に立っては侯の眠りをおびやかしたという。

「スミカを与えたら、何か余をたすけて、役に立ってくれるか。」

佐竹侯がそうたずねると、老狐は、

「久保田、江戸間を六日で使いします」

とこたえた。そしてこれから秋田佐竹侯の急使は、この老狐の役ときまった。

その頃、羽前の六田に秋田藩の飛脚宿をしている間右衛門というものがあったが、秋田の使者がいつも素通りして、ちっとも泊ってくれないようになったのをいぶかしく思い、内々手を廻して探って見ると、どうやら狐が使い走りをしているとの評判を耳にした。そしてそれを猟師の谷蔵というものに話したからたまらない。谷蔵は早速鼠の油あげをつくり、ワナをしかけて老狐をつかまえる段どりを進めた。やがて六田を通りかかった老狐は、それには見向きもしないで、一旦は過ぎてしまったが、よせばよいのに、悪漢をこらしてやろうと立ちかえった。そして油あげの鼠に手を出したからたまらない。忽ち谷蔵の手に捕えられてしまった。老狐は、せめて御用を終るまでは助命してくれるよう哀願したが、谷蔵は頑として聞入れなかった。いよいよ死を決すると、老狐の首にかけていた状箱が空中にとび去り、ひとりでに江戸の佐竹邸に達した。そこで佐竹侯は、これを城内に祭り、与次郎稲荷と称した。与次郎というのは、老狐が飛脚としての名であった。谷蔵等悪漢の一味は、病に冒されて死んでしまった。

註　狐がサクズ（米糠）をくるんであげた鼠の油揚げに目がなく、自制心も何も失って人間に捕えられることは、多くの狐話とともに、只野真葛（工藤文子）の「奥州はなし」にも伝えられる。

犬の宮

山形県東置賜郡高畠の町の高安でのことである。昔、ここに路に迷った盲人がやって来て、山家もさがしあてずに、野宿をすることとなった。折しも清秋の月明、目が見えない座頭にも、そぞろさわやかな気配が、身にせまって感じられる。興のおもむくに任せて、三味線をとり出して、ひいて見た。それに調子を合わせるでもないが、やはり月を賞しているのか、にぎやかなハヤシが聞えて来て、それがだんだん近づいて来る。

やがて座頭の側に来て、三味線の曲に合わせて踊り出した。

「甲斐の三毛犬(みけけん)、四毛犬(よけけん)には知らすな。」

そう文句をくり返しては踊るので、座頭はかつて通って来た甲斐の猛犬のことを思い出し、ふしぎなことだと思った。

話かわってこの地は、もと年貢免除をうけていたが、どこからか七人の侍がやって来て、百姓たちから年貢をとったばかりでなく、春秋の二度、十三歳の娘を人身御供に出させることとしたので、みな苦痛とし恐れていたが、この秋は、庄屋の娘がその番に当ったので、それがまた村一同の悩みであった。

座頭には一夜の野宿に過ぎなかったが、こういう人々の踊りの間に、噂の流れをききとった。そして庄屋を訪ねて、おのれ代って御供に立たんことを申込んだけれど、もとより七人の侍の意にかなうべくも思われないから、庄屋もうんと言わなかった。座頭は間もなく村から姿を消した。そして急いで甲斐に赴き、三毛犬、四毛犬という猛犬をつれて来た。いよいよ娘が御供にそなえられる日、庄屋の家では七人の侍を招いて、沢山に酒をのませたが、侍たちはぐでんぐでんに酔ってしまった。時分はよしと見計らい、猛犬を放ったからたまらない。たけり狂うて、この士にかみついたが、侍たちも目をさまし、力をきわめて抗戦した。はげしい戦いがつづいて、結局共倒れになった。倒れたのを見ると、侍と称したのは針金のような毛をもった年ふる怪獣であった。

村の百姓たちは、この座頭と倒れた二犬とをまつって宮を建て、正真子大権現と称した。禍からのがれて安泰になったから、心安村と称したのを、よびにくいため高安と改めた。今はその犬の宮を、南無能化地蔵尊と称している。

イズナ（飯綱）

狐の話はいたる所で語られる。そしてそういう狐は次のような種類のものである。
一、いたずら狐（むしろ親しまれるおどけ狐）
二、だます狐、仇する狐（しつこい、悪性の狐）
三、人につく狐（恐ろしい狐）
四、神にまつられた狐
菅江真澄は、昔、羽後仙北の北楢岡に白神女という高名の巫女（みこ）があったと伝えるが（月の出羽路）、その後いつ頃のことか、同じ秋田県仙北郡白岩村に、お駒イジコといわれた、あらたかな巫女があった。盲目であったけれど、人に逢うと「よいカスリの単衣をきているなア」と挨拶したり荷馬車ひきなどには「米何十俵つんでいる」と言って、それがピタリとあたった。遠方からでも新しくこしらえた着物の柄、財布の中の金額を言いあて、蔭で悪口でもするものは落馬させたりして罰を当てた。

みちのくでは、こういうはたらきをする人を、イズナもち、イズナ使いと称する。イズナは一にイイズナ、カセギ、コエゾイタジ、イダチノメ、エタカ、エタカキツネ、モウスケ、浄士狐などといい、狐ともイタチとも称せられるが、一般には、手のひらにものせられる位の小さい狐と考えられている。そして最上（もがみ）の八将山、仙台の竹駒稲荷、秋田雄勝の杉宮などが、その本山で、イジコ（巫女）、ノリキ（祈禱師）がそれを借りて来て使うのである。本山に行って保証金を出し、年限を定めて借りるのであるが、神職が祈禱の後、社の附近にある洞穴の口に行くと、夫婦イズナがちょろちょろと出て来る。それはタモトに入れたり、竹筒に入れて背負うたりしてもち歩かれる。

　イジコがイズナを借りて来ると、毎日これを養わねばならぬ。卵なら一つ、豆腐なら半丁、油あげなら一枚あれば、一日のたべものには足るが、厄介なのは毎月十二匹ずつの子を生むことで、人につけるかまたは川に流さねばならぬ。とても足早で、一瞬で七里四方をかけめぐり、イジコにいろいろな材料を提供する。従ってイジコやノリキは、これを使ってサワリ、タタリを知り、うらないをする。「屋敷の丑寅にある立木に釘をうっている」とか、「失せ物は顔の赤い三十位の女の手に渡っている」など言う類である。

　更にイズナにつかれると、むやみに物を食いたがり、食器へじかに口をつけて食うこと犬、猫のような恰好をしたりする。折々発熱したり、ウワゴトの如くあられもないことをしゃべったりする。狂暴性になるものもあるが、とかくおちつきを失い、人と対談中にも突然何か追いはらう手振をしたり、またその行動を相手に見られることを、しきりに気にしたりする。その家には、時々板の間に夜間に往来した狐の足跡があったり、あるいはまたその人の衣類に毛が附着していたりする。

　かすられた程度のものは、たやすく離れることもあるが、これを落すためには、法華宗のノリキを頼む。読経、祈禱だけで落ちるのは軽い。「まだ離れぬか」と責める。打つ、たたく、つるし上げて青松葉をいぶし、銃口を擬しさえもする。奇怪なことは、患者が狐のような様相をして逃げ出そうとするから、これを捕えて離そうとする。いよいよ「離れる」と口に出して、もとの真人間にかえる。離れたときは、小豆飯をたいて小舟にのせ、夜中に川にもって行って流して送る。

　イズナは飯綱の文字をあて、みちのくらしくエジナといい、今でも病気などには、医者に行かないでも、エジナに行くものにしている地方が相当に残っている。古くてしかも新しい話題で、狐にだまされること、狐火のことともに、実は現実のものでもある。

註　津軽弘前の久渡寺は、真言宗の修験寺で、巫女の本山、オシラサマの本山である。毎年三月十六日の巫女の大集会はここの外にも、中郡藤代の三世寺川倉の観音、大浦の愛宕山、南部藩では下北の仏が宇田などで行われる。
　イジコ、ノリキは自らイズナ、神霊の意をうけて、その意を宣する託言もするが、また因祈禱（よりぎとう）をも行う。この揚合には八、九歳から十五、六歳までの賢明で身体的にも無傷な男女を因童、降童、すなわちヨリマシ、ヨリワラワと定め、白布で顔を掩い、手に花か御幣などを持たせ、摩詞醯首羅天、八大章子など大小神祇をこの童の体内に入れる編入の法を行う。そうするとこの因童は口白という託言なり、または怨霊邪鬼などが来りついてその意なりを述べるようになる。そこでイジコ、ノリキは、必要に応じて自ら問い返し、問い返して欲する所を聞きとり、また祈禱を依頼したものも席に列して、知らんと欲することをたずねる。終れば神を返す撥遣の法を行い、童は普通の状態にかえるが、神がかりの間のその行為は何もわかっていない。

化物屋敷

時は元禄、世は太平だというのに、福島県石城郡豊間のある百姓家で、毎日物騒なことがつづいた。それはきまりきって、午前一回、午後一回、家の中にあるいろいろな道具が、一度にどっとおどり出して、庭から座敷から、所きらわず踊りまわることで、たちまち化物屋敷という評判が高くなった。しかも困ったことには、そうして踊りあるいたあげくには、きっと一つか二つ、それ等の道具が姿を消すのであった。狐だろうとも、狸にちがいないとも考えられて、方々の法印さまをたのんで、いろいろ祈禱をして見たが、ちっとも効果がなくて、山伏たちも思案にあまった。

いつしかそれが殿様の耳にもとどいたので、家来にいいつけてそれをしらべさせることにしたが、その家来のもって行った挾箱(はさみばこ)がおどり出したので、家来もびっくり、目を丸くしてしまった。そして家来は思い出して、その箱の中から、仏さまのマンダラを出して、それをひらいて見たら、諸道具が残らず表庭の方に出て行って、地面にひたと倒れかかった。ただスリコギ一本だけが、座敷を踊りまわるので、これを蹴とばしたら、そのままばったり倒れた。

こうしてだんだん評判が高くなると、「われこそは」と思う山伏たちが、頼まないでもあちこちから集まって来たけれど、やはりうまく行かなかった。ある時ふらりとやって来た一人の山伏が、

「きっと退治して見せるが、ちとばかり入用の品があるので、急いで買って来るから」

と、平の町へ買物に出かけた。しかし後に家のものが気がついて見ると、よほどあわてたと見えて、小さなふろしき包みを忘れて置いている。困るだろうと思って大きな声で呼んで見たり、人を走らせて後から追いかけて見たりしたけれど、みんなむだであった。そのうちにきまった時が来ると、その日もやっぱりみんな道具類が踊り出した。いつものことだと思って、誰もかえりみなかったが、もちろんそのふろしき包みもおどり出して、とうとう見えなくなってしまった。

「あわてものの法印さまのふろしき包みが、どこさが行ってしまった。」

家の人々がそう言ってさわいでいるところへ、その法印さまがひょっこり帰って来た。

「まんず、ふろしき包みがなくなって、大事なもんがはいっていやしたろうにね。」

法印さまは心配さうに言う家人の声に耳も傾けないで、ただにやにや笑っていた。

「大がい化物は片つきましたよ。一つみんなで椽の下でも探して見ましょう。」

そう言って法印さまは先に立って、あちこちと探して見た。そして椽の下の一番奥、くらがりに一匹の大きな古狸が死んでいるのが見つかった。その手には食いかけたにぎり飯をにぎっていた。なくなった道具類も、大抵側にちらばっていた。

法印さまはふろしきににぎり飯を包んで、わざと忘れて行ったのであった。そしてにぎり飯には狸に毒であるマチンという薬を入れていたのである。

化け猫

一　辻堂の化け猫

昔、仙北郡のある男が、山に柴刈りに行っての帰るさ、雨に降られて辻堂に休んだ。椽に雨やどりをしていると、堂の中からガヤガヤと人声が聞えて来る。ふしぎに思って耳を傾けると、

「太郎婆がおそいな。あれが来ないと踊りにならんぜ」

という。ややあって人が来た気配がして、

「待ってたよ。さァさそろったから踊りを始めようぞ」

というのに、老婆らしい声が、

「だってさ。人くさい。誰か来ているんだろ」

と答える。そして堂の格子から、何か探るらしく、猫の尾らしいものをさし出して、チョロチョロなで廻した。この男は面白半分に、これをつかまえて引いて見たら、先方でも中にひき入れんばかりに強く引く。とかくするうちに、それがぷつりと切れた。たしかに猫の尾であった。

男はうす気味が悪くなって、雨がはれるのを待たずに家に逃げ帰った。そして人にも告げず

に、猫の尾をかくして持っているうち、隣家の太郎平というものの母が病気にかかり、やすんでいるとのことで、この男も見舞いに行くと、痔が悪いのだと言って寝ていた。だまって居ればよいのに、男はこの間山の辻堂で、猫の尻尾をとって来たが、よもや薬にもなるまいと話した。病人の顔は異様にきらめいた。そしてぜひ見せてもらいたいと頼んでやまない。男は猫の尾を懐にして、また病人の見舞いに行った。病人は奪うようにそれを手にして、母屋（おもや）の戸を蹴破って逃げ去った。ニャンという一声が虚空に聞えた。

太郎平はびっくりして、奥座敷やら天井やらを探したら、まことの母の骨らしいものが、既に年ふりて天井から見つかった。病人は猫の化けたものであった。（秋田県）

二　化け猫の家

昔、旅人が鹿角の尾去沢から山越しに、毛馬内に行こうとして、路に迷ってしまった。山の中で日がくれて、さびしい夜道をとぼとぼ行くと、やっと燈火を見出した。一軒屋である。たって願って宿をとったが、女、子供の多勢居る家で、台所でガヤガヤ騒ぐのが座敷の方まで聞こえて来た。間もなくその人々がどこかへ出て行って、家の中がしずまり返ったと思うと、旅人の部屋に老婆がすっとはいって来た。

「ここは人間の来る所ではないのに、お前さんはどこから来なさったハァ。」

静かな物の言い方ではあるが、旅人はどきりとした。

「そうですか。実は毛馬内さ行くつもりで、今朝尾去沢をたったんだが、さっぱり道がわからなくなったのですよ。」

「毛馬内とは方角違いで、ここは山の中の一軒家。実は猫の家なんです。わたしもお前さんのお祖父さまに育てられた三毛猫で、古くなればこうした姿相(なり)になったんだけれど、昔の御恩は忘れません。お前さんが今晩夜っぴてここにいたら、もう命がない。仲間が夜具を借りに出かけたのだから、あれ等の帰りて来ないうちに、早く逃げ出しなさい。」

老婆はそう言って、逃げ路を教えてくれた。旅人はそそくさと仕度をして、逃げ出した。床の間の隅に、なる程穴があった。それにはいると、椽の下伝いに門に出られる抜け穴である。門を出て暫く行くと、大きな川が流れていた。これを渡ってしまえば、猫が追っかけて来ないと聞いたから、どうしても渡らねばならないが、水が深いらしい。一寸ためらったが、思いきって着物を頭に結びつけて、ざぶりざぶり渡りはじめた。中程まで来た時に、ふり返って見ると、追いかけて来た猫どもが、岸でいがみ合っている。急いで渡り終ると、もう猫の影は見えなかった。（秋田県）

三　化け猫と弓矢

昔、ある山里に弓の上手な童(わらし)があった。毎日、山や野原をかけめぐっては、鳥や獣をたくさんとって家に帰って来た。ところがこの家に、幾年かわれて来た古猫がいて、童がえものをとって来ると、それが多ければ多いほど、つめたい、いやらしい素振をあらわした。童はそれに気づかなかったけれど、母は早くからそれを気にして、猫が自分のえものが少くなるので、いやがるのであろうと思ったりした。

　ある朝のこと、この猫が童のととのえている矢に足をかけて、あたかもこれをかぞえるような恰好をしていた。こっそり物かげからのぞいていた母は、猫の去った後に、その矢をかぞえて見ると、丁度十本だけ仕度してある。それで童に言いきかせて、わけも言わずに一本だけ矢を加えて、猟場に出してやった。

　その日はふしぎなことに、鳥も獣も一つもいなかった。童はえものがないままに、いつしか深山にはいってしまって、もう帰ろうと思った時には、とっぷり日がくれて、東の山の端からまんまるい月がのぼって来た。ところがどうだろう。それと向い合って、西の山からも同じような月が、するするとのぼった。化けものにちがいないと思った童は、今日、一本も矢を射ていないから、腕がむずむずしている。思いきって西の方の月を射て見た。一本、二本、なかなかあたらなかったが、十本目を射た時、それが真中を貫いて、月が二つに割れて落ちてしまった。そしてあたりがにわかにうす暗くなったと思うと、さらさら一陣の風が起って、大入道の如く黒い影が襲いかかって来た。

　残る最後の矢が一本、童のたのみとするこの一本、童はねらい定めてひょうと放つと、たしかに手ごたえがあった。近よってよくしらべて見ると、それは年古りし猫であった。その夜から、久しく飼って来た自宅の猫の姿が消えて、ついに帰って来なかった。（岩手県）

四　三左衛門猫

昔、ある所に三左衛門（さんじあむ）という百姓があった。ある時日がくれて、町から家路を帰る途上、さびしい森にさしかかると、がやがや人声がする。

「今日は三左衛門はどうしたば。」

「三左衛門テ、よべ（昨夜）ら肴ひん盗んで、オバ（弟嫁）から出刄庖丁ぶっつけられてせァ、足いためて来ねアざネ。」

どうも自分の名を言うのが変だと思って、立ちどまってじっと聞いていたが、そのうち、

「でもさ、肴に目をつけてさえいてくれたら、こちとらの天下というものだ」

と言ったかと思うと、チュウ、チュウ、四方にわかれて行く。どうやら鼠の仲間らしい。三左衛門は思い当った。これは家の猫のことらしいと思った。そういえばこの間から変なことがあった。猫はいつもコックリ、コックリ昼寝ばかりしていて、夜になると元気になって肴をとったり、鶏を襲ったりするのだが、夜はコトンと音もしない鼠が、日中大あばれにあばれるようになって、物ほし竿にかけているセンタク（着物）に小便したり、倉から倉へと嫁入りみたいにぞろぞろ行列をつくって、米俵を食い荒らしたりする。何か悪いことの起る前ぶれでもありはしなかと、ひとりで心配していた矢先であった。

家に帰って見ると、なるほど猫がチンバをひいていた。それで三左衛門は、

「オバ、オバ、猫ァどうしたんば」

と聞いて見ると、

「肴をとって、出刄を投げられたん」

というので、

「こん畜生、ウン(汝)が畜生の分ざいで夜中にばかり踊りまわっているナ。鼠の魔法にでもかかったんか」

と火の出る程しかりつけた。猫はその日から姿をかくして見えなくなった。（青森県）

五　正法寺の猫

昔、正法寺（水沢市黒石）に、いつも住職の側をはなれないでついている猫があった。寺にいる限りは便所に立っても、本堂に行っても、どこでも離れないで従った。住職も変に思って、ある時膝の上にのせ、頭をなでながら何かわけがあるかをたずねて見たが、もとより猫は何も答えなかったけれど、しかしその晩夢枕に立った。そして正法寺には、全身松やにで塗固めた大きい古鼠がいて、住持を食殺そうとねらっているので、自分が始終ついて守っているのだが、自分だけの力ではどうしてもそれを退治することができない。それで永徳寺の猫を頼んで退治するから、小僧たちが二十人ばかりで、掛声だけでよいから応援してもらいたいというのである。

ある日、猫が一日留守をしたと思うと、永徳寺に迎えに行ったものか、見たこともない猫を一匹つれて来た。そして天井裏で、ドタン、パタンと大合戦がはじまった。わけを知らない小僧たちは、ただ恐ろしさに、こそこそどこかに逃げかくれてしまった。だから猫は大鼠を倒すには倒したが、誰も掛声をしてくれるものがなかったので、猫も共倒れになった。それでまた住職の夢枕に立って、誰も応援してくれなかったため、大そう苦戦したことを告げた。

住持は鼠を中にし、その両側に猫を埋めて墓をつくった。そこに逆さにさして置いた竹が、根を出して生えつき、逆さ竹になった。（岩手県）

蛇退治と蛇よけ

一　磐陀湖の大蛇

白髪をそめて、壮者をよそおい出陣したという斎藤別当実盛の同族に、斎藤実良というものがあった。平家が亡びてから、山城の八瀬（やせ）にかくれ、後に下野の那須にうつった。家来のものも多く散じ、ただ今野、鈴木、畠中の三士が従うのみで、だんだんおちぶれて、生計にも苦しむに至ったが、今野某の娘が美しくてしとやかだったので、これを売って衣食の資を得ようとした。たまたま奥州から人が来て、百金をもってこれを譲りうけたいと申出たから、その故をただすと、実は岩代伊達郡茂庭のもので、その村の磐陀湖にあやしい大蛇があり、三年に一度の大祭を行う時、女子を牲（いけにえ）（御供）にささげなければ、風雨順を失い凶作となるため、村民一同なけなしの財布の底をたたいて金を出し合い、もって女子を求める始終を語った。されば父親の今野某も、これを聞いてためらったが、娘は進んで死を決し、もって君父に報いる志を示したので、ついに金をおさめて実良に献じた。実良は不審に思い、金の出所を問い、実情を詳かにしたので、娘を救い大蛇を退治せんものと思い、自ら茂庭に赴いた。しかし村の百姓たちは、これを疑い、かえって禍の加重せんことを恐れて決しかねたが、実良は村の稲荷社に祈ること一七日、満願の日に一匹の白狐が、白羽の矢をくわえて来て実良に授けた。建久三年九月のことで、いよいよ祭の日が来た。実良は村の百姓たちとともに、牲女の列に加わり送って行くと、風あれて急雨を誘い、山谷鳴りひびき、霧が湧いて地を這い暗夜の如くなったので、行く行く神の加護を祈りつつ進んだ。そしてたちまち鵠（白鳥）一羽、南にとび去ると見えて雲霧が去り、目の前に大蛇があらわれた。そこで実良かねて用意の弓矢をとり、満をひいて発すれば、一番矢は舌の本、二番矢はノドに命中、大蛇はうねくね、転々して谷に落ちた。百姓たちは、実良を仰いで神となし、これに臣事すべきを誓って村にひきとめた。実良後に鬼庭氏と称し、その十世の孫左月君良直が出でて伊達輝宗（性山公）に仕え、良直の子綱元に至りまた茂庭氏と改めた。蛇骨が今に存して、地を掘れば時々あらわれるという。

二　おみつと蛇

おみつは、今の岩手県胆沢郡上衣川の百姓作助の娘であった。上衣川というのは須州嶽（栗駒山）の麓、春の来ることがおそく、冬が来ることの早い山里で、殊に作助の家は、南股の深い谷間にあったから、その細いくらしをつづけるために、手間とり（日雇）かせぎにやとわれて、僅かにこれを保つことができた。作助には四子があり、長はおみつで十五歳、次の八歳である男寅吉は、病気がちで知恵もおくれ、自分の家にいるのを恐ろしがって、かえって出遊することをよろこんだ。父の作助はこれを気にして、ある時オカミン（巫女）について祈禱、は

らいをしてもらうと、

「蛇のさわりがある」

と言うことで、護符、守札をつくって作助に与えた。文久元年六月二日のことであった。作助夫婦は他家から頼まれて、手間とりに行ったが、寅吉にはくれぐれも外に遊びに出ないように言いきかせて置いた。しかしもとより自宅にいるのが恐ろしい寅吉には糠に釘、朝飯をすましてさっさと外出した。おみつは二人の妹の守をしながら、夕方近くなったので、炊事仕度にとりかかると、にわかに妹どもが泣き出した。おみつがびっくりしてふりかえって見ると、一匹の大蛇が、首をもたげ、まさにシキイを越えて、家の中に進み入ろうとしているところである。二度びっくりして、すぐいろりに横たえてあった燃えさしの丸太をとり、これを投げつけると、蛇はたじたじして、首をちぢめて逃げ去った。そこで戸口を出て見ると、蛇未だ去らず、壁により目を張って、おみつをにらみつけているように見えた。そこで、

「鎌かホウチョウかもって来て——」

と声はりあげて叫んだから、二妹はそれぞれ鎌をもって来た。おみつの必死の防衛により、その投げつけた一つの鎌は右の目、一つの鎌は左の目を傷つけたので、急所をやられた蛇は大いに怒り、首をのべ、口を開き、悪気もろとも焔のような舌を吐き、困苦してごろごろしながら、なおも近づかば襲いかかろうとする気勢を示している。しかもその半身は、かさねた割木の間にかくれていて、尾があらわれたらやっかいである。そこでおみつは、力一ぱい、壁にたてかけてある巨材を倒し、まずその蛇の首を圧し、ついで割木をもって次々とその背を抑えつけ、

最後に大マサカリをもち出して、再撃、三撃、その腹を断ちきった。腸があらわれ出て、凱歌はおみつにあがった。

しかしおみつは急に気が遠くなって、目がふらふらした。もう弟、妹のこともかまっては居られなくて、急いで屋内に入り、夜着をかぶってねてしまった。夜になって帰宅した作助夫妻は、長さ一丈余、胴まわりが一尺五、六寸、背の色が深黒で、尾さきが三つにわかれている倒れた大蛇を見てびっくりした。殊にそれがおみつの手で退治せられ、子供たちには何のさわりもなかったことを聞いて、おどろきもし、よろこびもした。実は作助の父作右衛門が、天保の頃、大きな蛇を見つけてこれを倒さんとしたけれど逃げられ、毒にあたってなくなっているので、孫女がその仇を討ってくれたようなものの、しかしおみつもまた毒気にかかったのか、その病気がだんだん重って行く。そこで作助はまたオカミン（巫女）の所へかけつけた。するとオカミンは、妙に身をうねくねしながら、

「わしは数百年も年をかさねた山の主、お前の娘の手にかかって殺された。まこと乱暴至極なので、タタリをなすのじゃ」

と、まるで蛇の代言をする。そこで作助も負けては居られない。

「房手に子供ばかりの留守の家をおびやかして、防ぎ殺されたというも自業自得ではないか。殊にわが父も汝のために死んでいるので、それが応報というものだ。」

いかにもはっぎりと思うところを述べたので、霊がのりうつったオカミンも、はたと語がつまった。そしておもむろに、

「われを祭ってくれよ」

と言っただけで、もう何も言わず、元にかえった。作助は小さい社をたてて、蛇の霊を祭った。おみつの病気も紙をはぐようによくなり、寅吉も調子よく生長した。おみつが仙台に召され、藩主夫妻から褒美をいただいたのは、文久二年二月四日のことであった。

三 蟹と蛇

甲

宮城県名取郡愛島（めでしま）に萩の倉屋敷というのがあって、昔、孫左衛門という庄屋が住んでいた。孫左衛門には一人娘の萩野が、幼い時から屋敷の前を流れる小川の蟹と大の仲よしで、心ない悪童が石をなげたり、つかまえていじめたりするのを制したばかりでなく、時には祭りの日の餅や赤飯など、これをもち出して蟹にほどこすのをよろこびとした。萩野は成長するにつれてだんだん美しくなり、近在で小町娘と評判せられるようになったが、蟹も大きくなった。そして萩野に想いをかけて言いよる若者が少くなかったうちに、蔵神山の重右衛門という浪士が、萩野を妻にと希望して、いろいろ手をつくした。ある夜のこと、萩野の寝所に一人の若侍（わかざむらい）があらわれて、

「時でもない夜中に参って、びっくりさせるのも本意ではないが、思いあまって……」

と心の中を語り、萩野を口説（くど）いた。行燈（あんどん）の火がかすかに残ってはいるものの、ふしぎなことに、男のまっ白い顔、着物の縞目、浮いたようにありありと見えて、その話す語調が、沈んですご

味を帯びている。利発な萩野は、おどろきにふるえながらも、そのただならぬことに気づいて、

「御心のほどは察しますが、私にとっては生涯の大事、殊に親がかりのことでもあるから、とくと考えた上、あす村はずれまで用事があるで、弁天沼の辺で午頃まっていて下さい」

と答え、その夜はそのまま帰してしまった。


さてあくる日、萩野は村はずれの親戚の家への用事が言いつかっている。そして途上、弁天沼の傍を通ると、件の若侍がしょんぼり立っている。

「よく来て下さった。して昨夜の返事は……。」


萩野の姿を見るなり、若侍は息せききってすぐに問いかけた。娘は、

「ハイ、きっと返事しますが、用事をすまして帰るほどに、暫くここでお待ち下さい。あかしに私の菅笠を上げますから、これをかぶって休んでいて下さい」

と、その笠をとって若侍にかぶせ、さきを急いだ。


用事をすまして帰って来た萩野は、とんでもない魔性のものが目についた。菅笠で日ざしを避けながら、大きな蛇が、とぐろを巻いて眠っている。驚いて言葉も出ない。狂せんばかりにとんで帰って、家人に事の由を告げ、この魔性のものの執念からのがれようと相談して、その夜は石の唐戸に入れられてやすんだ。しかしその夜も若侍がやって来た。

「拙者は当家の娘萩野殿と契りをかわしたもの、娘御とあわせて下され。」


その声には怒気を含むトゲさえある。そして夜というのに、青白く光るような顔、着物、全くふしぎな姿である。孫左衛門はさすがに庄屋役をつとめるだけあって、おちついて、

「折角の思召ながら、実は娘がただ今急病のため、ふせって居りまする。お会い下さることもかのうまいと存じますが、しかしそれだけ娘のことをお思い下さる方なら、たっての御願いがございます」

と申入れた。若侍はいささか顔をやわらげて、

「してその頼みというのは……」

とたずねる。孫左衛門すかさず、

「実は余の儀でもありませぬが、娘はなかなかの大病で、コウの鳥の卵が何よりの妙薬と聞きます。幸い村の旦那寺の杉の木のてっぺんに、コウの鳥が巣くうて居りますれど、こちとら百姓にはとる手だてもございません。お侍さまの御なさけ、どうぞ木の上から卵をとっていただきますように御願いいたしたいものでございます」

と虚実とりまぜて頼み込んだ。そして今夜中にも、その卵をとりに行こうという若侍を制して、明朝未明を約し、どうやらその夜も萩野は危難を免れた。

あけて三日目の暁、若侍は孫左衛門を促して寺に行った。コウの鳥はもう目ざめている。

「あれでございます。」

孫左衛門の指さす杉の木を目がけて、若侍はよじのぼって行く。その早業はまことに見事である。しかしコウの鳥もこれを見て、ほって置かない。必死の防戦が始まった。クチバシで所きらわず、頭、手足をつつく。翼で顔、目、鼻をたたきつける。けたたましいなき声、若侍もたじたじの態で、なかなか巣に近づくことができない。孫左衛門をはじめ、聞きつけて集まっ

て来た村の百姓たちも、カタズを呑んで勝負いかにと見守る。そしてコウの鳥の最後の猛襲と思われる一撃に、若侍もこらえかねて、樹上から倒さまに落ちた。それはまがう方なく一頭の大蛇であった。

見物の衆はおののき恐れて、クモの子を散らすように姿を消した。覚悟はしていたものの、孫左衛門も這々(ほうほう)の態、青くなってわが家にはせ戻った。しかも更に彼をびっくりさせたのは、満身キズだらけの大蛇が、萩野をかくして置いた石の唐戸を、二巻も三巻もしていたことであった。その憤怒の形相、口からは炎のような舌をぺろりぺろりと出して、あたりをにらみつけている。誰も恐ろしがって近づくものがなく、全く手の下しようもない。その時である。庭の植木の間からガサガサ音がしてあらわれ出たのは一匹の大蟹、その鋭い鋏(はさみ)をふりかざして、じりじり大蛇に迫る。見る見るその胴腹をはさんで、振っても放さない。次第に衰えて行く大蛇に食いついて、とうとうぷっつりと断ちきってしまった。大蛇はのた打ちまわって死んだが、蟹はいつしか姿を消した。村の百姓たちは、萩野が幼少の頃から仲よくして来た蟹に助けられたのだと、評判し合った。

乙

岩手県岩手郡太田村(今は盛岡市)の上鹿妻(かづま)の百姓中村氏は、蟹沢(ガンジャ)という家号をもっている。昔この家にヒナには稀な優にやさしいショウブという娘があった。ある日彼の女は、たきたての飯をヒツにつめ、山蔭の方で働いている家人達にもち運ぶ途上、見知らぬ若者に言い寄られた。彼の女は帰途を約して、そのしるしに朱塗の飯筵(めしべら)を手渡した。

やがて用事をすまして帰路につき、さきの約束の所に来て見ると、丈余の大蛇が、渡した飯筵を枕に、イビキをかいて寝ていた。ショウブはびっくりして、山の端近い庵寺に逃げ込んだが、それを知った大蛇は彼の女の跡を追い、ものすごい形相で寺に迫って来た。そこでショウブはうろたえて庵主に次第を告げたから、庵主は傍の石の唐ヒツにかくまった所、大蛇はのたうち来ってこれを二巻半に巻きしめてしまった。

そこへ突然一人の旅僧があらわれた。庵主から事の次第を聞き、

「さらばわれ助け参らせん」

と言いも果てず、忽ち姿が消えたと思うと、無数の蟹の群が押寄せて来た。そしてそのハサミで、大蛇の所きらわずはさみ切り、遂に大蛇は両断されて死んでしまった。ショウブが唐ヒツから救い出されると、蟹が消え失せてさっきの旅僧が姿をあらわし、

「私はこの沢に住む蟹の精で、朝な夕なにとぐ米、洗う飯ビツの残りものなどを与えられ、何不足なくくらしている御恩報じに、かくは御助け申上げました」

と告げ、かき消す如くに失せてしまった。その蛇の前半身を祭ったのが愛宕神社で、後半身は諏訪神社に祭られ、今も村人にあがめられている。

四　花淵善兵衛

今の水沢市に花淵善兵衛という士分のものがあり、その家で代々、蛇よけの守札を出して、

近郷の士民によろこばれた。その祖善兵衛が、ある時夜道をとぼとぼ歩いていると、前方にチョウチンの如くに光るものが二つならんでいた。恐る恐る近よって見ると、大きなウワバミが、目を張り口を開き、舌を出しヨダレを流して、首を垂れ、まさに青息吐息の態であった。よく見ると、物は言わねど、何か願うところがあるらしく察しられた。

「畜生ながら、余にたのみがあるのか。」

そう呼びかけると、いかにも肯くように見えた。そこで近よってしらべたら、果して歯の間に獣骨がひっかかっていたので、ていねいにこれを除けてやった。ウワバミは拝謝するようにして立去ったが、ある晩のこと、あでやかな年若い美婦がたずね来り、先日たすけられた御礼にと称し、この蛇よけの法を教えてくれた。その何代目かの善兵衛が、邑主留守氏の老職となってわがままのこと多く、罪せられて禄をけずられたけれど、家はとりつぶされないでやはりつづいた。そしてこの蛇よけのお守りは、実に多くの人によろこばれて、求め来る人が絶えず、若し守礼を帯せずして害に遭いそうなときは、花淵善兵衛と口にとなえるだけでよくその害を避け得たということである。

河童とヌシ

一

盛岡の青物町に、七つ滝という角力とり上りのバクロウがあった。ある夏の夕、馬をひいて北上川の明神淵にひやしに行った。すると馬をズルズル川にひきこまれた。バクロウは、これがかねて聞いている河童の所業にちがいないと思って、すぐ水にもぐって見ると、そこに馬の脚をひいている河童がいる。もとより腕におぼえがあるバクロウは、これと大立廻りの末、とうとう河童を捕えて河原にひき上げた。河童はしょんぼりして
「とんでもないイタズラをして、申訳もありません。もうこれからは二度といたしませんから、どうぞ許して下さい。ただ一年に一度お祭りをして、何かをたべさせていただきたいものです」
とあやまった。バクロウの七つ滝は、これをきいて許してやった。明神淵の河童祭はそれからはじまったが、淵から昔の御舟小屋の辺にかけて、河童にひかれる人もなくなった。この種の河童の話は、池や淵のヌシの話とともに無数にある。

二

岩手県岩手郡松尾村松川温泉の東北に女護沼(にょご)（俗に五合沼とも五郎沼ともいう）と称する沼があり、沼の主は遠野邑主南部弥六郎の姫君であると伝えられる。弥六郎の家はもと八戸にあり、遠野に移ってからも、盛岡に上屋敷が置かれたが、ある時平館村に遊び、そこを流れる赤川の替鞍(かえくら)淵のほとりを通った。この淵は鞍が沈んでいると言われた所で、潜水の上手な近所の百姓に命じてこれを探らしめることとなった。然るにこの者はしなくも淵底にゴマウナギを発見し、ホコ（方言ヤス）でこれをついて捕えたので、弥六郎は珍しいままに奥方と共に賞味した。時に奥方は懐妊中であったが、後日分娩せられた姫君の額に、ふしぎにもホコで突いたような痕があった。そしてこれをとりのけようとして、いろいろに手をつくして見たが、更に効がなかった。姫が妙齢十七になった頃、あるもの知りから松川温泉に湯治したらなおると勧められ、カゴに乗せて温泉に赴かしめたが、女護沼附近にさしかかると、一寸休む間にカゴから下り立った姫は、忽ち身をおどらせて水中にとび込んでしまった。カゴカキどもは驚いて、沼の畔を掘割り水を流し出すと、沼の中から忽然蛇体があらわれ、

「我れ母の胎内にある時、母がこの沼の主となるべきゴマウナギを食べた因果により、その代りとしてこの沼に入り主となったから、汝等帰ってこの由を父母に告げよ」

と語って姿を消した。

一説に姫の病をなおすため、卜者の言により替鞍淵の底なる沈木を削り来って飲ませよと勧

められ、これを淵に得て病はなおったが、姫は松川温泉入湯を希望して、女護沼に入水してしまった。母御が悲しみのあまり、親しく沼のほとりに赴き、しきりに姫をよぶと、姫はもとの姿であらわれ、淵の沈木と思ったのは実はウナギの背で、それを削りとられたために、女護沼へ嫁入りのウナギの約束が破談になったから、その身代りにこの沼に沈まねばならなかったことを話して姿を消したとも伝えられる。

この女護沼に草の生えた浮島があって、風のまにまにただよう。これは姫のカツラであり、南部家では姫の消えた陰暦八月十三日、奥座敷をたてこめ膳部を供えて姫を祭り、姫は来って鱗一片を残したという。

三

岩手県の和賀郡を貫流する猿ヵ石川の権現淵には、多数の河童がいて、時折人をとって食った。そして中内のこの淵から、更木の北上川まで約二里の間に、水洞が通じていて、奇怪な動物が住んで居り、折々出現してその姿を見せたので、村の人々はこれを権現さまの化身とし、大いに恐れてその都度盛大な祭りをした。

四

同じく江刺郡の原体を流れる伊手川にも、岩木淵と鬼淵と深淵があり、正体の知れないヌシが住んでいて、河童を召使っていた。殊に岩木淵のヌシは、ここから約一里をへだつる岩谷堂の重染寺淵(ちょうぜんじ)との間にある地下の水洞を往来したと語り伝えられる。

五

宮城県栗原郡沢辺から岩が崎に至る間、旧迫川の川筋の堤上に鰻神社がある。昔、そのあたりが淵であった時分、そこにヌシがいて時折子供がとられた。村の人々が困っているところへ、南部（あるいは気仙ともいう）から来た盲人が、これを退治しようと、刀をにぎって淵に入った。ヌシはこの盲人のために斬られ、大根みたいに白い腹をあらわして流れた。それは大ぎな鰻であったから、村人はこれを拾い上げて埋め、後この盲人をも合せまつったのが、今の鰻神社である。

六

宮城県志田郡敷玉の鳴瀬用でのこと、昔、川傍の小屋の爺さんのところへ、白髪をはやした鰻がやって来た。そして明晩、川のヌシと合戦するから応援してくれと頼む。どうするかとたずねると、時々大声を挙げて、川の中へ石でも投げこんでくれればよいという。爺さんはこれを諾し、その通りにしたので、鰻は危急から救われた。後に大洪水があった時、これにさき立ち白衣の入道が鈴をふりふりこれを予告したが、それはこの時助けられた鰻で、その洪水で今の江合川ができたと言われている。

なお同県加美郡色麻の一関には、祠職が川童氏を称する川童大明神がある。

七

河童は箒に化けると言われる。会津の檜枝岐（ひのえまた）の三九郎の厩で、河童が柴でつくった箒に化けて遊んでいたのを、家人に見つけられて捕えられた。そしてこれからも来るならこらしてやらねばならないが、これきり来ないなら許してやるというと、もう決して来ないからと、詫証文を書いたので放免した。しかし証文は、その後の火災で焼失してしまった。

八

青森県の尻屋の尻労（しっかり）の荒崎神社境内に、河童をまつる「わたり神」という小社がある。いつのことかとめられているのもきかず、子供が二人、海に鮑とりに行って、行方がわからなくなった。漁民たちが大騒ぎで、海中をあちこち探すと、たしかに河童にとられているのが見えるけれど、どうすることもできない。暫くして屍が浮上ったが、ハラワタはみんなとられてしまって、少しも残っていなかった。このわたり神を祭る別当は年番で、四十七戸の村で、クジをひいてこれをきめる。四十六枚の紙に〇印を書いたのをひきあてた人がこれに当るという。

註　河童とヌシの話は実に無数に語られる。

魚への仇討

一

宮城県宮城郡の松浜に、仁兵衛、権右衛門という漁夫親子があった。父の仁兵衛は鮑（あわび）（石決明）とりが仕事だったので、毎日はだかになって水にもぐっていたが、ある日ワニザメのために左脚をかみきられ、つれの男にたすけられて帰宅したけれど、その夜大いに苦しみもだえて、ついに死んでしまった。権右衛門は悲痛のあまり、いかにもしてワニザメを捕え、漁夫のうれいを除き、なき父のミタマをなぐさめようと志し、特別に大きな釣針をつくり、獣の肉をエサとして、待ち針をかけること凡そ三年にも及んだが、目ざすワニザメが一こう針にかからなかった。

ある日、伊勢のものという巡礼僧が、この松浜にやって来た。そしてその日も待ち針をかけに行く権右衛門の姿を見て、そのわけをたずねると、父の故にワニザメを捕えるのであるという。そこで旅僧は、伊勢あたりでは、ワニザメを釣るには真鍮づくりの針に、犬の肉をエサにしていることを説いてきかせた。権右衛門はこおどりしてよろこび、さっそく仙台の城下に行き、鍛冶屋をたのんで真鍮の釣針をつくって帰ったものの、さて犬の肉ということではたと困った。そこで近所から飼犬をもらいうけ、毎日美食を与えて、

「畜生ながら世のため、わが父のため、いけにえになってくれよ。無慈悲の所業なれど、お前の命は私がもらいうける」

と言いきかせた。犬は日毎になれて行ったが、権右衛門にそう言われると、首うなだれて、いかにもまじめにそれを聞いているような表情を示した。

かくて権右衛門は、犬をさし殺してその肉をエサとし、旅の僧に教えられたように待ち針をかけると、間もなく大きなワニザメがかかった。腹をさいて見たら人骨がまだ残っていたということで、その魚骨と釣針とは家宝として代々伝えられた。安永三年、仙台藩主伊達重村（徹山公）がその家にのぞみ、これを見てから、藩主が巡遊する都度これを見るを例とし、もってその家風をはげました。

二

同じ栗原郡一迫の泉沢に沼があって、泥が深くて多くウナギを産すので知られた。ある夏の夕方、近所に住む百姓さんが、ハダカで沼にとびこみ、暑さを忘れようとすると、何かしら脚にまといつくものがあって、泳ぐことを妨げ、ついにこれを水底に溺れしめた。丁度沼畔に牧童がいて、これを見ながら救うことができなかったので、馳せてその家に報じたから、家人おどろき沼に赴き、これを救おうとしたけれど及ぼず、その死体は多く傷つけられていた。その

子これを見て哀痛きわまりなく、いかにもしてウナギを退治してやろうと思い立ち、自ら麻糸をもって頑丈な縄をつくり、これにおいしいエサをつけて鉄の釣針を結びつけ、沼に釣ること数日、ついにウナギが来ってエサを呑んだ。よろこんでこれをひき上げようとしたが、魚が水中でばたばたして大波をあげ、一人ではどうすることもできない。大声をはりあげて隣人の助力を求め、多勢でこれをひき上げて見ると、とてつもない大ウナギだったので、刀や鎌などをとり集めて、これを斬って捨てた。

孫太郎虫

白河天皇の永保年間のこととせられるが、丹波の国司大江太郎左衛門時康の家臣に橋立倉之進というものがあった。軍学、剣道などを指南し、妻小夜（さよ）との間に、花の顔ばせ月の眉ともいうべき桜戸という美しい娘をもっていた。そして三国一のムコというわけで、奥州岩城判官政氏の家老大和田兵衛の嫡男要人（かなめ）を迎えて養子とした。要人は政氏の先妻梅乃の子、後妻の戸音に嘉平治という弟が生まれてから、とかくうとんじられたので家を出でて、一族である丹波平沢寺の玄隆和尚にたよるうち、ふと倉之進や桜戸に見染められ、強いて請われてムコになった。もとより桜戸のムコになりたいと願った人々が多かったうちに、浪人侍の大柳一角なるもの深く桜戸を慕い、その願いが空しくなったのを怨み、夜、倉之進が国司の命をうけ出雲明神に代参するのをねらい、これを殺し、伝家の宝刀鶏鳴丸を奪って出奔してしまった。そこで桜戸夫妻は母の小夜を奉じ、父の仇を報ぜんと諸国をめぐり、一角をたずねるうち、小夜と要人とは病のために小夜は相模の小田原で、要人は会津で相ついで他界、桜戸一人生残った。かくて桜戸は、陸前刈田郡斎川の里で、ゆくりなくも要人の乳母であったおりつが、郷助という百姓家に嫁しているのにめぐりあい、やさしい夫婦にたすけられて、遺腹の一子孫太郎を生み落し、暫くそこにとどまりこれを養育したが、不幸にも孫太郎は疳（かん）の病に犯され、薬石もなかなかき目がなかったから、同地の田村神社（古将堂）に祈願をこめ、神夢により、斎川にいる蚕のような小虫が、その妙薬であることを知り、服用すること十余日で全く本腹した。

孫太郎はそれからすくすくと成長して、八歳の時である。かねて村の悪童どもから、「父（てて）なし子」とからかわれるのを苦痛とし、母から自分の家の来歴を詳しく聞かせられた。そして一家がおちぶれているのも、祖父倉之進を暗討ちにした大柳一角一味のためであることを知り、それをたずねあてずず無念のうちになくなった父要人のことを思いやり、早く自分が成人して、仇一角を討ちとろうと志した。しかし近所に武芸指南のよい人も見当らなかったので、毎日、田村神社に参拝し、祈願をこめては、その後方の木立にはいり、木太刀をもって丁々と木をたたいて技を練った。

ある日のこと、この田村神社の前を通った近田鉄斎軒という武者修行者が、ふとこの孫太郎の木太刀の打込み振りを見て大いに感心し、

「思うところあって、ただ剣術を習いたいです」

との孫太郎の意中をきき、その志をさとりて、この社の裏山でけいこをつけてやろうと約束してくれた。孫太郎は、師匠から口どめされているので、天狗さまによばれて山に行くと答えて、母や郷助等にもうちあけず、一心不乱にけいこにはげんだから、めきめき上達した。そしてい

よいよ免許皆伝をうけ、十六歳の時、仇一角と田村神社の前でめぐり合い、郷助の助太刀で、今は全く盗賊化していた一角一味を討果し、首尾よく仇を報じ、名刀の鶏鳴丸もとり返した。その後孫太郎は丹波に帰参せんとしたが、父のゆかりにより岩城家に仕え、母の桜戸は郷助夫妻にたすけられて斎川にとどまり、仏門に帰して念仏修行に世を終えた。虫の名は孫太郎虫といい、小児の疳の妙薬として世に知られ、桜戸は小児の病気の救いの神として人々からまつられ、今も斎川村の佐々木山に、桜堂薬師如来の古祠が伝えられている。

鮭の大介

一

岩手県気仙郡竹駒村に羽縄（はなわ）という家がある。祖先は中国の浪人で、ここに来て居をかまえた牛飼いであったが、何処からか大鷲がとんで来て牛をつかみ去り、度々その害に遭ったから、主人一策を案出し、牛の代りに自ら牛の皮をかぶり打臥せるを、例の大鷲はまことの牛と思い、一つかみにして遠く運び去り、玄海の孤島に置いて去った。主人は途方に暮れていたが、忽ち一老翁あらわれ、われは鮭の化身で大介というもの、毎年十月二十日に気仙今泉川に入り産卵する故、故郷に帰りたくばわが背に乗るべしという。そこで渡りに舟と喜び、大介の背にのると間もなく、故郷なる今泉の川口にたどりついた。それからは報恩の万一にもと、同所に鮭網ある毎に、ひそかに一方を切開き、網にかかった鮭を逃がすようにしたということで、その風は今も遺っていると言われる。

二

山形県荘内地方の川添いの村々では、十一月十五日をもって、毎年鮭猟の網納めとする。この夜、丑満頃に、大助小助というものが、川をのぼって来ると言っている。これは鮭の王様で、「オースケ、コスケ、今のぼる」と呼ばわりながらのぼり、それにつづいて大小幾万尾となく従いのぼって来る。もし人間がその声を聞けば、命を失うというので、各その家で餅をついて祝い、外出を見合わせる。

三

青森県八戸市湊の大祐明神（だいいう）は、工藤祐経の子犬房丸大祐（おおすけ）をまつる。昔、大祐がこの地に来り寓するや、従者である又次郎、長才という兄弟のものがあり、漁をもってその主大祐を養った。兄弟は漁に巧みで、新井田川で兄が千本、弟が八百本の鮭を得たことがある。よって今でも漁夫等が鮭を得るときは、恵比須槌をもって、その魚の頭を打ち、「千魚（こ）又次郎八百長才」の九字を唱え、大漁を願う神呪とする。これもまた大祐に関係があるのが奇妙である。

註　鮭をスケといい、助川が鮭川であることは常陸風土記に伝え、また同国の俗語に鮭の祖（おや）を須介（すけ）ということは、新編常陸国誌に見える。魚鳥平家という中世の小説には、北へ流るる河を領知した鮭大介鰭長（おおすけはたなが）というものも伝えられるという。またみちのくでは、鮭をムツとも称したが、仙台藩だけは藩主伊達氏が松平陸奥守と称したために、避けてロクと呼んだ。江戸から以西では、シャケと呼ぶのが一般である。

鹿（しし）コとり

昔、ある所にお爺さんがあった。前の川にヤナをかけて、次の朝行って見ると、雑魚（ざこ）は一つもかかっていないで、小犬が一匹かかっていた。お爺さんはとり上げて来て養った。皿でたべさせると、皿位の大きさになった。椀コでたべさせると、お椀位に大きくなった。お鉢でたべさせるとお鉢位、馬ブネで食わせると馬ブネ程に、だんだん大きくなった。もう小犬ではなくなった。そしてある日のこと、お爺さんに向って、

「お爺さん、鹿（しし）コとりにアェボサレ（行きましょう）」

と言うので、お爺さんは喜んで同行しようとすると、

「マサカリつけてアェボサレ、俵（たら）コつけてアェボサレ」

と言う。マサカリと山行きの俵（ワラ製容器）コを負わせた。暫く行くと、

「お爺さん、お爺さん、乗ってアェボサレ」

と言うから、お爺さんは中荷のようにスッポリ乗って山サ行った。そして木をきりはじめると、間もなく、

「あっちの山の鹿来い。こっちの山の鹿来い」

と犬が大声でよぶと、鹿がバラバラと沢山走って来た。お爺さんはマサカリでそれをとって、犬に負わせて帰って来た。お婆さんは鹿汁を煮て、プンプンうまい香（かまり）をさせながらたべていると、隣の婆さんが火種をもらいに来た。

「こっちでなんたら良いんだべ、どこから鹿をとったべ」

というから、正直に山の話をすると、犬を貸してくれと借りて行った。隣のお爺さんは、犬が何とも言わないのに、ムリヤリに山につれて行った。つけろと言わないのに荷を負わせ、乗れとも言わないのに乗って行って、木をきり始めた。犬は怒って、

「アッチの山のバチ（蜂）来い、コッチの山のバチ来い」

と叫んだからたまらない。たくさんの蜂がブンブンやって来て、お爺さんの頭や顔をさした。お爺さんは腹を立てて、犬を殺して埋めてしまい、ひとりで帰って来た。

アンマリ犬を返してくれないので、持主の爺さんがハタリ（催促）に行った。すると犬は殺されていなかった。悲しい心で埋めた所に行って見ると、そこには大きなコメゴの木が生えていた。お爺さんはこれをきって来て臼をつくった。そしてその臼で餅をつきながら、

「ジンジ（爺）前サ金（かね）降れ、バンバ（婆）前サ銭下（お）りろ」

というと、ザングボングと銭、金がおりて来た。お爺さんはその金で、町から美しいキモノやおいしい米を買って来た。立派な姿で米の飯をたべていると、隣の婆さんが、また火種をもらいに来た。

「何たらえいんダベ、コッチでェ美しいイショ（着物）きて、米のマンマたべて。」

そして始終を聞いて、また臼を借りて行った。しかし餅をつくと、爺さんの前に牛の糞、婆さんの前に馬の糞が出て来た。そこでまた怒りて、その臼を割ってたいてしまった。

持主のお爺さんは、また臼をハタリに来た。臼は焼かれてなかったので、いたし方なしに灰をもらって帰った。翌朝、空を見上げるとサオになって雁が通った。お爺さんは屋根にのぼって、

「雁のマナク（目）サへェれ（入れ）、雁のマナクサへェれ」

という掛声をしながら、臼の焼けた灰をまくと、雁の目にはいって、ゴロゴロころげ落ちた。雁汁をつくってたべていると、また隣の婆さんが火をもらいにやって来た。そして、

「おらも雁をとらせべ」

と帰って行った。隣の爺さんもマネをして、屋上にあがって灰をまいた。けれども雁の目には入らないで、自分の目に入った。目がつぶれて屋上からゴロゴロと落ちて来た。マサカリをもって下で待っていた婆さんは
「ソーラ、雁が」

と、とびかかって爺さんを殺してしまった。


（岩手県）

註　馬ブネは、馬にカイバをたべさせる容器、俵コは山に働く道具や弁当を入れるワラ製のものである。鹿汁は山家のゴチソウでスキ焼き状に炉上で煮て、鍋からすぐ箸でとってたべた。火種もらいは、埋み火の拙い愚かさを示し、米の飯は

晴の飯で、平常食ではなかったのである。

動物小話

一　雀とキツツキ

雀とキツツキとは、昔、姉と妹であった。ある時、親が病気になって、もうあぶない、明日にもいけないいかも知れないという急なしらせがやって来た。雀はちょうどお歯黒をつけかけていたが、それを中止して、すぐにとんで行って看病をした。キツツキはおしゃれで、紅をつけたり、白粉をつけたりして、ゆっくり出かけたので、つい大事な親の死目に逢うことができなかった。それで雀は今でも頬がよごれ、クチバシも上の半分はまだ染められないで、白く残っている。しかしその汚いなりで、いつも人間の住む所に住んでいて、人間のたべる穀物を腹一ぱいたべられるのに、キツツキはきれいな御化粧をしながら、人里には近よれない。そして朝早くから森の中をかけあるいて、一生けんめい木の皮やら幹やらをたたいても、やっと一日に三匹の虫だけしかたべられない。だから夜になると、木の空洞（うろ）にはいって、

おわえ（私）、クチバシが病めるでァ

と鳴くと言われる。キツツキは土語に、テラヅキ、テラホヅキなどいい、お寺を食いあらした

ので、人間の世界に近づけないとも伝えられる。

（青森県）

二　ミソサザイと猪

昔、猪は山のけもののうちで、カラダも大きいし、力もつよいので、いつもそれを鼻にかけ、ほかの鳥や獣を見くだしていた。だんだんそれが増長して、自ら鳥、獣の王様になろうという野心をもつに至った。それである時、みんなをよび集めて、

「どうだ皆の衆、ここで一つ角力をとってみて、一番つよいものを、わしたちの国の王様にきめたらどんなものだろう」

と鼻うごめかしながら、いかにも自信ありげに言出した。

それでなくてさえ、常日ごろ猪のわがままなふるまいを憤っている動物たちであるけれど、何と言っても力のつよい猪の言うことに反対したら、あとでどんな目に逢わされるかわからない。殊にこれを相手に角力をとったところで、全然勝つ見込みがない。みんなだまって何も言わない。そこにひょっこり姿をあらわしたのが、小さい、小さいミソサザイである。

「それは面白い。誰も角力をとりそうもないから、わたしがお相手になろう。」

思いきったこの一言に、みんな目を丸くした。いらないことを言うと思うものもあれば、ミソサザイが気でもちがったのかと思うもの、それはとりどりであった。もとより猪から見れば、すぐにひねり殺されそうなミソサザイである。たやすく勝てると思って、やがて立会いとなった。

皆の衆はどうなることかと心配しながら、カタズをのんで勝負を見守った。そのうちに身軽なミソサザイが身をかわしたと思うと、どこに消えたかその姿が見えなくなった。猪ひとりで、あちらの木の根につまずき、こちらの岩角につき当り、どたばたしている。そして暫くするとつかれきって、ばったり倒れてしまった。ミソサザイはケロリとして、猪の耳の中から出て来た。大きな猪の耳の中で、ガサゴソと身動きしたからたまらない。鼻の高い猪も、こうしてちび助のミソサザイのために、一敗地にまみれた。

（岩手県）

三　鳥とフクロ

昔、フクロは染物屋（こうや）であった。たくさんの鳥にたのまれて、いろいろな衣裳を染めてやった。ところが鳥はたいへんなおしゃれで、いつもまっ白な着物をきてとんで歩いていたが、ほかの鳥がいろいろと美しい着物をきているのを見て、誰も着ていないような一番美しい衣裳をつけたいと思い、フクロの染屋に頼みに来た。フクロはその注文をひきうけて、まっ黒に、黒光りのするように染めた。鳥はこれを見て非常におこった。フクロがその上に金の線を入れるのだと言ってもきき入れない。さんざんにフクロをいじめて、これを森の奥に追いこんでしまった。それからというもの、鳥はフクロさえ見つけると、いつ、どこでもいじめかかるので、フクロは森のくらい所にかくれて鳥の目をさましている間は、決して出ないように用心することとなった。

（同）

四　蛇とミミズ

昔、蛇は目玉がないけれど、大そう美しい声の持主であった。またミミズはすんだような目をもちながら、さっぱり声が立たなかった。ある時、ミミズは蛇のうたう歌をきいて、自分もあんな美しい声で、歌って見たいものだと思った。そして

「蛇どんな蛇どんな。おれにもそんな美しい声ば、譲ってけらしェ（下さい）」

と申込んで見た。蛇は

「えェども、えェども、声を譲るから、わたしに目玉をくれて。かえごと（交換）しょうぜ」

とわけもなく承知した。こうしてミミズは目玉をなくして、歌をうたうようになった。それもあまり上手にはうたえなかったので、夜、みな寝静まる頃を見はからい、低い声でうたうようになった。（同）

五　雲雀とウズラとヨシキリ

雲雀とウズラとヨシキリ（方言カラゲェージ）とは、もと仲よく一しょにくらしていた。ある日、ウズラが用事ができて町に行くことになったが、ハキモノがなかったので、雲雀の草履を借りたいと申込んだ。雲雀は一丁羅の草履で、外にかわりのものもないから、いやだとことわった。けれどもウズラはふだん着のままで町に出かけるのがいやだったので、雲雀のいやがるのを無理に借りて、雲雀の草履をはいて町に出かけた。その日は丁度市日で、牛も馬も、人も犬も、たくさん町に出て来たから、丈の低いウズラは、何度かふみつけられそうになった。右に避け、

左によけて、町をぶらぶらしているうちに、いつの間にか雲雀の大事にしていた草履が、片方なくなっていることに気がついた。さァ大変、ウズラは一生けんめい町中を探したけれど、どこに行ったのか、どこで落したのか、かいくれ見つからなかった。

ウズラはおいおいと泣きながら、家に帰って来た。ヨシキリは早速かけつけてわけを聞き、

「よしよし、わたしもさがしてすけっから（手助けする）、泣くのはおやめ」

とウズラをなだめ、一しょに雲雀におわびした。

「ほんで（それで）、いやじゃと言ったのに、どうしてもさがして来ないと、かにして（許して）やらん。」

雲雀の返答は剣もほろろという調子であった。ウズラとヨシキリは、それから何日も、草履片方をさがしに、町に行ったり来たりした。しかしいくら探しても見つからない。帰って来ると雲雀から毎日、毎日いじめられた。お銭（あし）でこらえてくれと言っても、代りの草履を買ってやるからと言っても、雲雀はうんと言わなかった。どうでももとの草履で返せと言って、なぐったり、蹴ったりする。ウズラとヨシキリとは、こらえられなくなって、姿をかくすことにした。そして雲雀の所から家出して、ウズラは草むらに、ヨシキリは藪の中に行ってしまった。ヨシキリだけはウズラに同情して、よく

ゲェジ、ゲェジ、カラゲェジ、草履片方（かたぺら）ベァ、

何だんだェ、とんだのがェ

と鳴いては、いつまでも草履の心配をしている。雲雀は雲雀で、空高く舞いあがりながら、ウズラやヨシキリをさがしたり、草履が片方見つかりそうなものだと、絶えず見はりをしている。

またヨシキリはカラガラス、スケガラスともいい、もと常光寺の小僧であったが、ハキモノを片方なくして和尚に追われて、これを恨みとし、

　常光寺　常光寺
　ケエケヤシ（うるさい）　ケエケヤシ

と鳴くとも、あるいは長宝寺の小僧で、花コとりにやられ、山で足半（あしなか）を見えなくして、

　カラガラス　カラガラス
　長宝寺　長宝寺
　アシダカ片ひた　なんぐした

と鳴いているとも言われる。

　更に雲雀は天とうさまに金を貸した。それで

　お天とうさまさ金貸した金貸した

と叫びながら上って行くが、天とうさまは、
「俺（わし）は天上から明るくしたり、あたたかにしてやったりしているから、元金だけにまけてくれ」
と言うので、雲雀は頑として、

　利取る　利取る

とまた上って行く。
別にまた雲雀は、天とうさまより高くのぼるつもりで、

てんとさん、ごめんなさい。てんとさん、ごめんなさい
と鳴くけれど、どうしても負けるので、下りしなには、
　てんとさん、ぼんこけ（糞くらえ）、ぼんこけ
といつも悪口をしている。

（秋田県）

六　兎と雉

兎と雉とが相談して寄合畑（よりあい）をはじめ、それに粟をまいた。一しょにせい出してよく働いたので、粟穂がよくみのった。いよいよ秋になった。刈りとりをしなければならないと思い、雉が下見に行った。すると驚いたことには、楽しみにしていた粟を、何者かに穂切り（穂だけを切取りカラを残して盗み去る）されていた。雉が帰って兎に報告すると、兎は大そう怒って、

「お前の仕業（しわざ）にちがいない。けしからん奴だ。その罰に、晩にはお前を切って、串十二本に刺して焼いて食ってやる」

と言い放った。雉は悲しくなって、外に出てしくしく泣いていた。するとどこからともなく、トチの実がごろごろころんで来た。

「雉どんナ、なしてそんなに泣いてるの。」

「兎に無理を言いかけられて、焼いてかれる（食わ）から、悲しくなった。」

　トチの実はそれをきいて、

「よし、泣くな。おれェすけ（助ける）っから」

と言って火のホドにはいった。するとまたそこに蟹がやって来た。

「雉どんナ、なしてメソメソ泣いてる。」

「兎が焼いて食うちゅうんだ。」

「よしよし泣くな。おれェすけっから。」

蟹はそういって水カメにかくれた。今度は牛の糞と臼がやって来た。そして同じような問答の末、これも雉を助けることにして、牛の糞は馬舎の隅に、臼は馬舎の二階に、それぞれかくれて待っていた。

兎は山に串切りに出かけたが、夕方になると、

「ああ、寒、寒……」

と言いながら、そそくさと帰って来た。そして木じりの柴をくべて、イロリに火をたきはじめた。するとホドにかくれていたトチの実が、

「ズドン」

と爆発、ひろげた兎の股のあたりにあたった。

「アツーッ、あつ、あつ。」

兎はさけびながら、水カメに走り寄って、それを冷やそうとした。すると蟹が大きなハサミで、チョキンとはさんだからたまらない。

「アーイタ、いたい、いたい。」

兎は馬舎の方に走った。そして牛糞をふみつけて、ベロリとすべってころんだ。そこへ二階

から臼がころげ落ちて来た。そして兎の上にのっかって、これを押しつぶそうとした。

「降参、降参、助けて。」

兎は全くまいった。もう雉を十二本の串にさして、あぶってたべることをやめて、それからはまた仲よしにくらした。　（同）

七　雲雀と鼠

雲雀はバクチ打ちであった。それで冬でも鼠の穴をたずねて、土の中にはいってバクチ打ちをしたが、負けて、負けて、鼠から八百文を借りた。いたし方がなくて、こっそり借金を返したが、鼠はうけとった覚えがないと言って、何度もさいそくに来た。もとより雲雀にたくわえなどのあろう筈がない。あんまりうるさく鼠にはたられるので、地上に居られなくなって、天空にのぼった。

八百スマシテモ八百トラレル。

毎日、お空でこうくり返しながら、雲雀は泣いてばかりいる。　（青森県）

八　唐糸からす

唐糸御前というのは、鎌倉幕府の執権北条時頼の側室（そばめ）であった。それがそねみをうけてざん言せられ、うつろ舟にのせて、北の海に流された。舟は流れ、流れて、津軽の十三（とさ）の港に到着し、唐糸は藤崎に庵を結んで、仏につかえた。

その後、時頼は最明寺（さいみょうじ）に入り入道し、廻国の旅に出て、津軽のはてまでたどり来り、唐糸御前の庵室の前に立った。どちらにとっても、思いもよらぬめぐり合いである。唐糸はかわりはてた時頼の姿におどろくとともに、自分のうつろい行く顔ばせを見られることを恥じ、顔をかくしながら逃げて、古池に身を沈めたが、たちまち鳥にかわった。もとより昔仕えた時頼、津軽にうつってからも、日夜忘れなかった時頼であるから、鳥になった唐糸は、時頼の胸にとびついたと思うと、そのまま池の水の中にとび込んで見えなくなってしまった。時頼はふしぎに思い、網を入れて池の中を探らせると、女の屍がかかった。よくよく見ると昔の唐糸御前である。そこで時頼は、満蔵寺を建てて唐糸の霊を弔った。寺は後によそにうつされてなくなったが、池は残って鳥が池と称せられ、ふしぎにこのあたりの鳥は、村の百姓たちを困らせることがないということである。（同）

九　猫とネズミと狐

昔、神さまが獣を集め、一年を十二にわけて、それぞれの守り番をきめようとした。ところが猫はその期日を忘れ、ネズミに聞きに行った。ネズミは本来ずるいたちなので、わざと一日遅らせて教えた。そしてネズミがしたくをしているところに、牛が誘いに来た。牛は歩みがのろいので、前の日から出かけようというのであった。ネズミはまた悪知恵を出して、牛の背にのって、知らんふりして神さまの前に行った。そして到着するや否や、牛を出しぬいて、「ハイ私が一番」と名のりをあげた。それで子（ね）が筆頭で、牛が二番ときまった。猫は教えられた通りに、一日遅れて行ったから、十二の獣に入れられなかった。それからネズミと不和になり、ネズミを見ればとって食うこととなった。

狐はこの時遅参して、やはり十二のうちに入れられなかったが、人をだましてもよい免許をこの時にもらった。

（秋田県）

十　サルとカニ

サルとカニとが出会った。そして、お餅をついてたべる相談をした。サルがキネをとり、カニはアエトリ（こねまわし）をした。だんだん餅ができると、サルは自分ひとりでたべたくなった。そこでキネをもってカニをつぶしてやろうとしたが、あやまって臼のフチをついたので、餅は臼とともにころころところげて、地面に落ちてしまった。サルは捨ててかえりみなかったけれど、カニはひとりでホコリを払い払いたべた。サルはいまいましくなってカニの甲をはいでしまった。カニは死んだが、それから子ガニが生まれた。しかし子ガニは途方にくれて、泣きながら歩いていると、初め卵に出会った。次に栗のいが、牛糞、石臼などにも出会った。これ等のものからワケを聞かれる度に、子ガニは泣きながら一々これを話すと、みんな子ガニを助けることを約し、サルの家に向った。サルは留守だった。

そこでみんなそれぞれの部署にかくれて、サルの帰るのを待った。卵はホド（炉）に入った。栗のいがは水かめにかくれた。牛糞は戸口を守り、石臼はその上の柱にのぼっていた。間もなくサルはあわただしく外から帰って来た。

「おお寒い、寒い」

と炉ばたに行って、ホドの埋み火をほり起こした。すると卵はドスンと爆発して、サルの股の辺にあたった。うろたえて、

「アーツ、ツ、ツ」

と水かめに行って、これを冷やそうとすると、待ちかまえた栗のいがが、その針でサルをさした。サルは、

「痛い、痛いッ」

と外に出ようと入口めがけて走り出すと、牛糞にすべってころんだ。ところへ柱の上から石臼がドサリと落ちて、サルをつぶしてしまった。（岩手県）

註　マッチの発達しなかった以前には、ホドにオキや燃えさしを埋めて火種とした。水かめは流しの近くに水をくんで、たくわえて置くものである。山家の台所が想像せられる。石臼は今殆んどその影をひそめてしまった。

十一　蟻と蜂

蟻と蜂とがつれ立って、旅に出かけた。野をよぎり山をこえて、ずっと行くと、道ばたに鯛が一匹おちていた。

「あら、大きな鯛が……。」

蜂が目ざとくそれを見つけて、大はしゃぎによろこんだ。すると蟻はすました顔で、

「その鯛はおれのものだよ」

という。落したはずもない蟻に、こうして鯛を横取りされるのを、蜂は不平でならない。

「それはどうして。」

「そりゃ誰でもいうてるじゃないか。ありがたい（蟻が鯛）だちゅうて。」

蜂のうらめしそうな表情をしり目に、蟻は鯛をとり上げ、ひとりでむしゃむしゃたべてしまった。それから暫く物も言わずにあるいて行くと、今度はつとに入れたニシンが、ごっそり道のまん中に落ちてあった。蟻がさきに見つけた。

「まんち、いきのえい（新鮮な）ニシンだぞ。」

蜂はそしらぬ顔ですましている。

「あんまりいっぺい（沢山）だバ、これは分けよう。」

というのを聞いて、蜂はそれがみな自分のものだと言いはった。げせない顔の蟻に対し、

「二四ンが八（にしんが蜂）が通り相場だよ」

と答えて、つと一包みのニシンを、蜂はひとりで家にもち帰った。


（秋田県）

十二　時鳥とナンバン鳥

時鳥が町に行こうととび出すと、途でナンバン鳥に出くわした。

「時鳥どん、どこさえぐ（いく）。」

「町（まっ）ちゃえぐ。」

「何買えにえぐ。」

「仏壇の本尊さんを買うべと思ってさ。」

ナンバン鳥にはたくらみがあった。それで時鳥のかわりに、本尊を買って来てやる約束をして、金をあずかって町に出かけた。町には美しい着物があった。肴もお菓子もあった。ナンバン鳥の大好きなお酒もあった。そして仏具屋には行かずに、酒屋のノレンをくぐったからたまらない。飲んで、飲んで、底なしに飲んだから、したたか酔ってしまって、あずかった金もすっかりつかいはたした。

時鳥は、もう帰るか、今帰るか、夜もねないで待っていたが、ナンバン鳥が姿を見せなかったので、

町(まっ)ちゃいったけか
本尊買ったけか

と、夜に日をついで、今でも鳴きながらたずねまわっている。

ナンバン鳥はばちが当って、からだが真赤になったばかりでなく、くちばしまで赤くなり、いつまでも酔っぱらいのような色をしている。


（岩手県）

山のバッコ

山形県東田川郡泉村の山荒川部落に、山のバッコという山窩（さんか）の娘があった。いやしいものでありながら、稀な美貌の持主であったから、それを種に羽黒参詣の道者をたらし、金品をまき上げてはこれを井戸につき落して殺すなど、悪業をかさねた。

ある年、村から伊勢参宮がたつことになって、山のバッコもこれに加わったが、たまたま三井寺に参る途上、一行をのせた船が、琵琶湖のまん中で動かなくなってしまった。定めし竜神のお召しに違いないということになって、垢のついたものをみんな湖上になげ入れたが、みな浮かんでふわりふわりただようちに、山のバッコの手拭だけが沈んで行った。そこでこれは人身御供にバッコが目をつけられているのだというわけで、みんなの手で水中につき落された。船はするすると進んだがバッコは竜神の角につかまって浮かび上り、つき落した同行は、三年のうちに取殺すからとのろい言を残して沈んでしまった。実は村の年寄衆は、バッコを生かして置いては、村のためにならないと常々思っていたのである。

それとも知らぬ村の若い衆は、山のバッコの帰りを一日千秋の思いで待った。しかし来る日

も来る日も、バッコの家は戸がしまったままだったので、

オバコ　コノジョ（この頃）まだ見えぬ

かぜでもひいたかやと　案じられる

かぜもひかねど

親達キンビシク（厳しく）て籠の鳥

と歌って、はかない慕情をなぐさめた。ここでは、これがオバコ節の元祖だと伝えている。

境を見つめる目と目

一　村上道慶

村上道慶は、その先祖が因幡の出身で、嘉吉年間に来って陸奥の葛西氏に仕え、主家が亡びて帰農、百姓となったものであった。そして今の陸前高田市に土着したが、道慶のころ、気仙川をはさんで、東の高田村と西の今泉村とが、互に漁猟の多少を競い、境を争うてごたごたが絶えなかった。つまりこの川は、洪水の度毎に水路がかわり、その境というものもきめ難くて、高田村分を流れている時は、高田の漁夫が三十人、今泉からは十六人の割合で、鮭の漁獲も人数の頭割にするというのであったが、水路がかわって今泉の方を流れることになると、今泉側がそれに不服をとなえた。そしてそんな差別をつけないで、平等にしたいというわけで、何日相談してもまとまりがつかず、まさに実力出漁、結局は川をはさんでの衝突となり、血の雨をふらせずにはやまない形勢となった。

そこへ村上道慶が顔出しをして、

「わしは元来、今泉村に生まれて、今は高田に住んでいる。神かけてどちらに対してもエコの心がない。この問題は行きがかりもあり、理屈一片ではかたつけられないけれど、今となっては両方から一日交代で出漁すれば、ケンカもなしにすみ、利益も公平に分けられる。若しこれがホントに表立った衝突にでもなると、漁場は藩から取上げられよう。そこの所をよく考えて、この年寄の意見通りに任せなさい」

と心をこめて、百方説諭したが、勢いだった両村民は、なかなか聞き入れそうもなく、不穏な形勢がつのるばかりであった。そこで道慶は意を決し、両村の重立つ人々を、川原の中程に集め、

「わが身はことし八十六歳、両村の平和のためなら、行先短かい一命を捨ててもおしいとは思わぬ。今中流で自ら首をきるが、流れて首は西、胴は東の岸に流れつくであろうから、その言が違わなかったら、かねてのわが志の如く、永く争いをやめてもらいたい」

と話したが、人々はなかなか取合わない。道慶は覚悟をきめて、白装束にあらためた。そして、

誠あれやこの身をすてて行く水の瀬は淵となる末の世までも

にごりなきなにあう水のかなしけれ世のあだ浪にうきしずむ身を

という辞世の二首を残して、見事に自ら首をはねた。やがて彼の言ったように、首は西岸の今泉に、胴は東側の高田に流れついた。鉛のような沈黙のうちに、この悲壮な光景を目の前に見た漁夫たちは、電気にうたれたようにおどろいた。そしていきり立った心は、たちまち感動となり、道慶のにごりなき、思いきりをたたえ、争いをやめて和解し、爾来一日交代出漁の制が確立せられた。延享三年以後は、河辺に碑を立て、道慶を川の神として祭ることになった。

二　三平長嶺

岩手県東磐井郡の猿沢から、江刺郡の田原に越えるところに、三平長嶺(ながね)がある。夏の草かり山として、両村民の境争いが絶えなかったもので、正徳年間、猿沢に三平という人があった。一日田原村の人々が、境を犯して草を刈っているのを見つけ、憤然、鎌をふるってその不法を詰ったけれど、多勢に無勢で如何ともすることができない。しかし身に数創を蒙りながら一歩も退かず、終に恨を呑んで倒れてしまった。そこで人々も目をさまして、その地を境とし、三平長嶺（長根）と称することとなった。

同じ藩内でも村がちがえば、命がけの境争いをしたが、洪水毎に水路や洲がかわる北上川をはさむ東西のヤギの争奪なども、あちこちに伝えられる。まして藩境になると、至るところむずかしい争いをひき起こした。土だけがたよりであった百姓たちには、境押しがもとで、親類の義絶さえも絶無ではなかった。

三　駒が岳の馬

岩手県岩手郡滝沢の鬼越(おにこり)ソウゼン社については、その南の方和賀郡沢内地方に、吉左衛門という強欲な百姓がいて、五月の端午にも休ませないで、田のしろかきをさせたため、馬が怒って逃げて山伏峠の険を越え、ここまで来て倒れたのを神馬として祭ったともいい、あるいは慶長二年の端午に、源右衛門というバクロウが、三戸から駒二疋をひいてここまで来たところ、

一天にわかにかきくもり、駒がいきなり天にのぼり、
「われ等は駒が岳のソウゼンだから、これからここ鬼古里に鎮座し、牛馬のわざわいを除き、これを守ってやろう」
との声があったので、この神馬を祭ったものとも称せられている。そして毎年五月五日の早朝、馬を飾り、盛装した子供をのせて、ここに参るチャグチャグ馬コの行事は、盛岡近郊の老若男女の心をときめかせる。

　このソウゼン社から西の方、秋田県の境上に、駒が岳の神山がある。みちのくの他の駒が岳のように、ここでも春の残雪が駒の形になる。そしてその頭首が岩手の方に向い、尾が秋田の方にむいているから、岩手の方はいつでも駒に食われるため、秋になっても実のりの充分でないことが多く、秋田の方にはいつも黄金の糞が下るので、毎年秋収が豊かだと言われる。

（岩手県）

註　ソウゼンは、蒼前、総善などの文字をあてるけれど、越後南蒲原郡あたりでは、馬の爪きりをすることを、ソウゼンをとるといい、元気過ぎたり、生意気だったりする若者を、少々のしてやることも、ソウゼンをとると言うそうである。すなわち馬の爪をきるときには、胴縄、足縄をかけて馬を横倒しにし、ワラの枕をさせ、サク口（割口）縄というシメ縄ようのものをかませて、蹄をきったり、ヤキガネをあてたり、尾尖をやいたり、頸に内羅針をうったりする。そしてその場をソウゼン場、またはイナバ（稲寄せ場）といい、村持ちの草原である。みちのくでも、今から五、六十年前までは、サナブリの頃これを行い、馬サシといい、馬サシ場を入会共有地の隅の草原にもっていたものであるが、これをソウゼンということは聞いたことがない。ソウゼンは神名、社名に通じて用いられる。秋田の作がよくて、陸前の作がよくない理由につき、同様のことが栗駒山についても物語られている。

四　ヒヤ潟と秋田の嫁

昔、ある山に、マタギ（狩猟）渡世をしている山男のような父親と、美しい娘とが住んでいた。父親は毎日山に狩りに出かけては、熊だの兎だのをとって来て、それを町に売りに行ったり、また熊のキモだのアブラなどをとって、それを村々の薬に売ったりして、細いくらしを立てていた。

娘は一日家でじっとしているのもつまらないから、毎年春がめぐって来ると、里の娘たちが機織りに精出すように、自分もそれがやって見たくなり、麻の糸おみをはじめた。そして父にねだって、手織機をつくってもらったけれど、さて大事な梭（ひ）がなかったので、なかなか機織りにならなかった。ある日のこと、娘が山道を歩いていると、路傍の石の上に、牛の角みたいで白い美しい木が置いてあるのが見つかった。

「これこそ梭になりそうだ。」

ひとりごとを言いながら、よろこんで家にもって帰って、父に見せると、父もよろこんですぐ梭にけずってくれた。日ごろの願いがかなった娘は、すぐ機織りをはじめたが、とても梭のすべりがよいばかりでなく、すべりながら妙音を発する。それはどこにもない織機であったから、娘もまた調子にのって、仕事がはずむ。織りあがった布も、りっぱであった。こうして後からはじめたけれど、娘の機織りは、そこらあたりの評判になった。よその娘たちは、その出来のよい布、すべりのよい巧みな織り方を見せてくれと言って集まって来る。それに便乗して若い衆までやって来て、梭の発する妙音に和して歌ったり、美しい織姫をかいま見たりした。

ある日のこと、娘一人が機織りしているこの山小屋に、見知らぬ若衆がたずねて来た。そして面白い音に誘われて、ついここまでやって来たことを告げ、娘からわけを聞いただけでは満足しないで、ぜひその梭を見せてくれという。見も知らぬ男を家の中に案内するのを不安に思いながら、強いてことわることもできかねて、機を見せ梭を動かして見せた。若衆は堪えかねたという風に、娘のもつ梭に手をかけて、

「おれの角……」

と言いながら奪いとり、外にかけ出した。娘はびっくりしてこれを追いかけたが、見る見る若衆は恐ろしい鬼の姿にかわって、木立の中にがさがさ隠れてしまった。

この話は秋田と南部の境にある国見峠のことともいわれる。そして秋田から南部にとついだ新嫁が、雪の消えた春、機織に秋田の実家に里帰りをする途中、ノドがかわいて山の沼の水をのんだ。すると急に眠気を催して、そこに寝入ってしまったが、そのもっていた梭なりオサなりもろともに、するすると沼に入って、そのヌシとなった。沼はヒヤ潟と名づけられ、それから恐ろしがって、梭をもって峠を越えるものがなくなり、秋田と南部との間の嫁のやりとりが、跡を絶ったともいう。

水ひき

一　猿聟（むこ）

千刈田を一めろりにもっているトッツァマ（父様）があったづもん。あるひでり（旱）の年、なんぼ水ひきサいっても、たらっとも水コ来ねェがったので、トッツァマもくたぶれてしまって、道のわきの石コサ腰かけて、ぐったりなっていたどサ。そしてひてェこびん（額）をおさえながら、思わず、

「だれでもえェがら、おらえの千刈田サ水ひいてける（くれる）ものねェがナ。水コひいでけだら、娘を嫁ゴにくれでやるがなア」

と言って、ニジのようなためいきをついた。このトッツァマには、三人のきりょうよしの娘があった。


あくる朝、トッツァマが目をさまして、うちのエンガワがら田の方をながめた。したどころが山のお猿が田のくろ（畔）を、あっち、こっち、かけまわっている。そして今までなじョにもしかたがなかった千刈田が、カサ（水上）の方がら、だんだん水がかかりはじめていた。チュウハンドキ（正午）までには、あらかたシド（水下）の方まで水がかかりそうだった。

トッツァマはアジコト（心配）になった。水のかかるのはうれしいけれど、お猿に娘を嫁入らせなければならなかったがらサ。そこで小便たれて、また寝床サへェって、メシドキ（朝飯時）になっても起きて来なかった。娘たちは、トッツァマがアンベェコ（塩梅）でもわりいかと思ってアジコトした。そこで一番娘が起こしに行った。

「おどッツァ、おどッツァ、メシドキでっちェ。千刈田に水もかかったから、早く起きてオマンマ（御飯）あがらしェ。」

「トッツァはアジコトで起きられねェ。」

「なんのアジコトですか。」

「あん、あの水ひきしてくれたお猿に、嫁ごに行ってくれるが。」

「おらハァ、やんたやんた。だれが猿の嫁ごなどに。」

そう言って台所の方サばたばた馳せて行った。今度は二番目娘が起こしに来た。

「おドッツァよ。早く起きて見らしェ。マンマ時にもなったがら。」

「おドッツァはなァ。アジコトで起きられねェ。」

「なにアジコトしてまさァ。田の水もかかったに。」

「その水ひきをしてくれたお猿に、お前嫁ごに行ってくれるがよ。」

「おらァ、やんたやんた。だァれ猿の嫁ごなど。」

二番目娘も台所の方サ行ってしまった。かわって起こしに来た三番目娘は、トッツァマのアジコトづらを見て、お猿の嫁に行くことをうんと言った。そして姉だちに馬鹿だと言われながら、お猿の山の家コさむかさった（嫁入りした）。

初どまり（初めての里帰り）には、トッツァマが餅をすきだからって、餅をたくさんついて、ムコどんの猿が、フロシキにつつんでデッチリ（たくさん）背負ったどサ。そして行くが、行くが、行ったれば、大きな川が流れていた。その流れにのぞんで、木の枝にからまって、藤の花が美しくさいでいだ。娘はわがゴテ（夫）に、あの一番美しいところをとってくれとせがんだ。そして背中のフロシキ包みをおろして、木の枝にのぼろうとする猿に、餅が土くさくなるからと反対して、背負うたまま木にのぼらせた。

「ここらでえいが。」

「もっとてッち（上の方）ョ。」

こういう応答がくり返されて、ゴテ猿はだんだんうら木の細い方にのぼった。そして娘が「よーし」と言わないままに、木の枝の枯れたどこまでのぼったがらたまらない。ボリリと折れて、ドブンと川にはまって死んでしまったどサ。ドンドハライ。

（岩手県）

註　千刈田とは稲千束（一束は六把）を刈る田で、今の一町（上田）から一町五、六反（下田）に当る。一めろりとは地つづき、一円のことで、一めろりの千刈田を保有するというのは、富有な百姓であることを意味する。この話を秋田の雄勝地方では、処野（山畑）の草とりをする爺の手伝いとし、ムコは餅をついて臼ごと背負い、サクラ花を折ろうとして溺れたと言っている。

二　水ひき地蔵

岩手県東磐井郡奥玉の地蔵院の本尊仏である延命地蔵尊は、一に水引地蔵とよばれている。寺の門前にある乾田が水もちがわるく、田植前後の灌漑には、毎年なやまされつづけであった。ある年、水番をしていた門前の爺さんが、地蔵院の和尚から口やかましくかれこれ言われるので、腹を立てて水喧嘩となり、鍬頭で和尚をなぐりつけた。さて冷静にかえると、いかにも乱暴をしたことを悔い、おわびをするつもりで翌日寺に行って見ると、和尚には何にも異状がなくて、本尊の片腕が折れていたので、さては和尚と思ったのは本尊だったというわけで、それから水引地蔵と称し、霊験いちじるしく、参る人も多くなった。

水ひき地蔵の話は、同じく江刺郡愛宕（おだき）の高寺にもある。いつのことか大旱で、高寺一帯が用水にもことかき、雨乞いをくり返しても、一向にしるしがなかった。然るにある夜、そこの川西部落の百姓が、夢枕に立った地蔵尊から、いつも朝立つ霧をたよりに用水路を開いたら、その後は水不足になやまされることがなくなるとの御告げをうけ、目ざめて起きて見ると、なる程からりと晴れた間に、ほんのりと、一道の霧がたなびいて、それをたどって行くと、隣接する三照村までつづいていた。そこで川西部落の百姓たちが開設したのが、今の高寺用水路であり、地蔵さんは小さいホコラに祭られて、今も村人の崇敬を集めている。この一帯の地方は、洪水毎に北上川の水びたりになる所である（この項佐島与四右衛門氏に聞く）。

註　「我が田に水を引く」と言われる位、殊に田植の前後にわたる水引きは、稲をつくる百姓たちの命がけの仕事であった。だから「お猿の花ムコ話」が物語られるように、孫の手どころか猿の手でも借りたいと思うこともあったろうし、うまく水が恵まれれば、それが地蔵なり観世音なりのおかげとして、霊験として、感謝をささげないでは居られなかったにちがいない。あちこちに用水堰開水の土木工事が起こされたのは、みちのくでは多く江戸時代になってからのことであるが、その場合にも水をみちびくのに行詰っては、これを打開するために、雪の上の狐の足跡をたどった話が、岩手県江刺町の樋茂井堰、和賀郡の奥寺堰、岩手郡の越前堰などにその伝えがあり、山をくりぬいてトンネル（穴堰）にした場所などには、薬師如来をまつり、これを穴薬師と称しているなど、人力以上の神異として来た跡がいちじるしい。

雨ごい

一　ぬれ薬師

宮城県柴田郡槻木のあたりは、近くを白石川が流れているのに、昔からの水の不自由なところであった。ある年のこと、春以来雨が乏しく、井戸がかれたり、沢水もなくなって、五月というのに田植もできないような破目になった。こういう時には、いつも村の人々が鱒沼のほとりに集まって雨乞い祭をするのであったが、柴をもち寄って火をたいても、ワラで竜蛇をつくって沼に沈めて見ても、一向雨が降らなかった。

「これでは仕方がねェ。田植をしなけりゃ、村中みんな飢死しにゃァならねェ。何とか竜神さまをよろこばせるようにする外なかんべェ。」

「うん、そうだよ。村の衆を助けると思ってさァ。沼の底に沈んでもらうんだナ。男でも女でもかまわねェ。」

からりとはれた天を仰いで、村の百姓たちは、寄るとさわると、こんなことを言いかわした。そして誰言うとなく、そういう声がだんだんにひろがった。げに溺れたものはわらをもつかむと言われるが、あとさきの考えもなく、大人の言うことを耳にして、子供までそんなことを口にするようになった。そしてとうとう村中の総寄合（相談）というまでに発展した。

時にこの村に勘作という若者があった。父は村肝入までつとめた人で、相当な資産家の息子に生まれたけれど、とかく身持ちがわるく、茶屋酒はのむ、バクチをうち、ケンカ好きでよく人と争うという風だったので、父がなくなった跡目を、肝入役にもなれず、毎日ぶらぶら遊んでくらしていた。けれども何分にも勘作の田地を小作したり、手間取りに頼まれて、働きを手伝ったりする人が多かったから、勘作をきらって、かげでつまはじきをする人があっても、面と向ってこれにたてつくようなことをしなかった。その勘作が寄合の席へやって来て、みんなをぎろりと見廻した。

「いろいろ評議をかさねても、あんまり妙案もありそうじゃねェ。竜神さまだって何でもえェわけじゃあるめェから、どうだネみんなで長兵衛さんとこのおよしを頼もうじゃねェが。およしなら村一番のきりょうよしだ。竜神さんでも不足があんめェ。」

勘作の提案は、誰も予想しなかった。いずれは誰か年寄が、長老として村の衆みんなの苦しみを一人でひきうけて沼に沈む番だと思っていたし、五十年も前に、やはりそういうことがあったと、村には語り伝えられて来ているのであった。

およしはたしかに村一番のきりょうよしである。幼い時に母に死なれて、律義な父長兵衛は、娘のためにと後妻も迎えず、男手一つで育ててあげた。天成の麗質に加えて、気立てもやさしく、親思いではあり、成長するにつれて小町娘という評判が高くなった。だからならずものではあったが、勘作の日にとまらぬ筈がない。何とかしてこれを妻に迎えようと手をつくして見たが、いつもおよしからは柳に風とうけ流される。あげくの果は、親の長兵衛からこっぴどくたしなめられたこともあって、いつかそのうらみを晴らしたいと、機会をねらっていた勘作であった。竜神さまにおよしをそなえようとの提案も、実はそこから割出されたものであったが、寄合の席でそれを知っているのは、勘作と長兵衛ばかりであった。「年寄を」という発言もないではなかったが、何にしても勘作ににらまれたら、後のたたりが恐ろしい。内心は反対でも、正面から意見を述べようとしない。ぐずぐずしているうちに、ついにおよしを竜神にささげて、あらためて雨乞いをすることにきまった。

　およしが沼に沈められるという評判は、近郷近在にひろまった。そしてその日の美しいおよしの姿を、見よう、見たいというわけで、多くの人々があちこちから槻木に集まって来た。仰々しい仕度がととのえられて、いよいよおよしを沼に送ろうとした日のこと、墨染の衣にうす汚くなったきゃはんをつけ、網代笠を目深にかぶり、ちびた錫杖をひきながら、乞食雲水らしい老僧が通りかかった。そして事の次第を村人にたずねて、

「そうか、それは気の毒」

の一語をのこし、祭の仕度をしている肝入の家をさして急いだ。

「待った村の衆、おろかな業はせぬものぞ。雨がほしいならわしが降らせて進ぜよう。若い娘を沈めたとて、それでよろこぶ竜神でもあるまい。」

　身なりにも似ず、雲水の一言はぴりりとひびいた。胸に一物ある勘作は、声もあらあらしく、

「いらぬおせっかいじゃ。乞食坊主の祈禱位で、小便ほどの雨も降るもんか」

と、はったとにらみつけた。雲水もとよりひるむ気配もない。

「下郎だまれ、わしの小便は救いの慈雨じゃ。」

一喝して、雲水は懐から木仏を出した。そしてこれを村人に授けて鰌沼にかつぎ込ませ、寄ってたかって四方から水をかけさせた。

それまで明けても暮れても、からりとはれた青空であったのが、見る見るにわかにかきくもり、風さえさっと吹いて来た。ポツリ、ポツリと、初めそれ程とも思われなかった雨が、やがて豪雨となった。

「無慈悲なことはせぬものよ。」

こう言い残して雲水はかき消すようにいなくなった。およしは沼のほとりに堂をつくって、この木仏を安置し、出家してこれに仕えた。木仏は薬師如来であって、これから雨乞いの度に、沼にかつぎ出して水かけ祭をすることとなり、今も濡れ薬師として伝わっている。

二　雨降り地蔵尊

青森県下北半島の大畑に、雨降り地蔵尊というものがあった。日でりがつづいて水不足の時には、これを近くの川に運び、水に入れて百姓たちが叩き合った。こうして地蔵さんをいじめさいなむと、必ず雨が降った。ところが祈雨ばかりでない。あまりだらだら長雨になって、水が過ぎるような時でも、やはり同様に川に入れて地蔵さんをたたいた。つまり雨の降らせ方が当を得ないというわけで、雨の多少は、専門の地尊さんでも、なかなか調整がむずかしかったものと見える。今この雨降り地蔵尊は、易国間(いこくま)の光月庵に安置せられている。

鼻とり仏　しろかき仏

一

福島県石城郡大浦の長隆寺に、鼻取地蔵尊というのがある。昔、この村の百姓某が、代かきをなすに当って、サセトリにたのんだ小児を、むごたらしくしかった。すると見たこともない一小童があらわれて、代ってサセトリをしたが、縦横整然としてすこぶる某の気に入った。某は非常によろこんで、はじめて見るこの小童をねぎらってやろうとすると、忽ち姿を消して見えなくなってしまった。しかし足跡らしいものをたずねて行くと、長隆寺の地蔵堂につづいていた。そして堂の床の上には泥足の跡があり、地蔵尊の脚は代かき水にぬれていたので、それから鼻取地蔵とよばれた。

二

宮城県登米郡宝江に、一農家がある。もとは本吉郡横山の野尻から、この村の新井田に分家して来たもので、七観音と地蔵尊とを分けてもらって来た。ところが隣家から、たっての希望により、地蔵尊だけを分与したが、この地蔵尊は、春、田の代をこしらえる頃になると、子供に化して馬の鼻とりをした。それで代かき地蔵とよばれた。

三

岩手県稗貫郡の小瀬川城主であった稗貫氏の家老の家は、主家が亡びるとともに帰農した。兄は家伝の仏像をもらって、同郡湯本の狼沢（おいぬざわ）にある地蔵堂の別当として隠居し、弟は田畑を分けてもらって、宮目（みやのめ）村にうつり、屋敷名をひとしく専家（せんや）といい、今はどちらも高橋氏を称している。

ある年のこと、宮目の専家で、田植にさき立ち、えたいの知れない若者がやって来て、毎日サセトリの手伝いをした。主人はこれをふしぎに思い、どこから来たかたずねて見たけれど、素性をあかさなかったので、怒ってその左手をきり落した。若者はその日から姿を見せなくなったが、狼沢の観音さまの左手もなくなったから、その若者は観音さまの化身だったことが明かになり、これをサセトリの観音とよぶようになり、今も狼沢の高橋家にまつられている。

宮目には、三嶽神社の一隅に十一面観音、毘沙門天、不動明王などをまつる祠堂があり、外に焼残りの仏像数体は、火災の折に新山社から、焔をのがれて飛んで来たものと伝えられ、古い香が高い所である。

四

岩手県大船渡市立根（たっこん）の関口というところに、地蔵堂がある。その別当の及川氏が、ある年のこと、田植えの時に手不足でひどく困った。するとどこからともなく、一人の童子が来て、代（しろ）かきサセトリをして手伝った。やがて夕暮近くなったので、その労苦をねぎらおうとし、あちこちと呼んで見たが、どこへ行ったか姿も影も見えない。どうしたことかとあたりをたずねて見ると、地蔵堂の本尊が泥まみれになっていた。それから泥掛地蔵ということになった。またこの地蔵尊は、日頃市（ひごろいち）のイザリの老婆の祈願をかなえて、足を立たせたというので、それからひどく繁昌したと伝えられている。

註1　みちのくの俗、働き手が少かったり、多子などのため仕事がおくれるときは、近所の人々が無償で手伝って、相互に扶け合うのを通例とする。これをお手伝いといい、ユイとは別である。

註2　田の代をかくには、馬を中にして、その鼻をとり、サセ棒、手綱でみちびくサセトリと、馬のひく馬ぐわをにぎって、濡れた土塊をくだいて行くシカ押しとがある。そしてこのサセトリ、鼻とりは、なかなかむずかしいもので、後からシカ押しをするものから見れば、間があいたり、同じ所を重ねて歩いたり、気に入らぬことが多いから、自然小言も出て来るが、田をかきまわして、水が濁って来る程、サセトリにはそれが不明になる。従ってこうして神仏の助けを得るものと考えたこともありそうである。

註3　江戸時代、江戸の知名な地蔵尊として、牛込築土八幡の子安地蔵、市ヶ谷安養寺の壬生地蔵、早稲田大善寺の落馬地蔵、音羽の海中出現の地蔵、小石川牛天神の首切地蔵、駒込常徳寺の身代り地蔵、上野六阿弥陀の唐辛地蔵、下谷高岩寺の印像地蔵、坂本良感寺の入谷地蔵、みぶが谷の縛られ地蔵、浅草の因果地蔵、同正覚寺の栢寺地蔵、栄蔵寺の火焔地蔵、聖徳寺の土中出現地蔵、和泉院の文箱地蔵、蔵前閻魔堂の化馬地蔵、同梅園院の地蔵、花川戸の六地蔵、小梅梅村庵の小梅地蔵、本所回向院の小児地蔵、深川本誓寺の地蔵、万祥寺の火焔地蔵、白銀町河岸九軒町の樋間（ひあわい）地蔵、愛宕円福寺の勝軍地蔵、愛宕下真福寺の一言地蔵、芝大仙寺仙道庵の腹籠り地蔵、増上寺花岳院の火消地蔵、三田随応寺の腹帯地蔵、三田中道寺の矢除地蔵、白銀遊行寺の日限（ひきり）地蔵、高輪如来寺の石地蔵、品川来福寺の経読み地蔵などをかぞえる。さ

すがに鼻とりをしたり水を引いたりする地蔵尊はない。

たべもの

一　ケェモチ

昔、お爺さんとお婆さんとがあった。お爺さんが山に柴刈りに行くのに、お弁当がなかったので、お婆さんは、そばのケェモチをつくってオヒツにつめて上げた。

やがて山働きをしながら昼頃になったので、お爺さんはオヒツを開いて、昼食をはじめると、美しい小鳥が木の枝にとまって、しきりにお爺さんのたべるのを見ていた。首をかしげて、しげしげと見入るこの小鳥を見て、お爺さんはたべものを恵んでやる気になった。

「そーれ、一箸。」

そう言って、箸のさきにかけて投げてやった。小鳥はたくみにそれをクチバシでうけとめて、おいしそうにたべた。

「もう一つ。」

お爺さんは、かさねてそれを投げてやったが、小鳥はうけそこねて、翼にべったりひっついた。そしてとびそこねて、バタバタとお爺さんの足もとにおちて来た。

お爺さんは小鳥をつかまえて、家に帰って来た。それでお婆さんはそれを殺して、火にあぶって焼鳥の料理をした。ミソをつけて田楽（でんがく）にして見たが、あまりぷんぷんよいカオリがしたので、一寸一きれたべて見た。とてもこらえられないよい味だった。そしてやめられなくなって、みな食べてしまった。

さァ大変、お爺さんの分がなくなった。どうしようかといろいろ思案のあげく、お婆さんは自分の股（もも）の肉をきって、焼鳥のように焼いていた。外から帰って来たお爺さんは、

「なんだ、しゃらくさいなァ」

と言いながら、むしゃむしゃとたべたとさ。

註　そばのケエモチは、関西のソバ掻きで、熱い汁をつくり、ソバ粉を漸次に入れてねり蒸すのである。風雅なものではなくて、米を食いのばす代用食なのである。オヒツは木製のマゲモノ、アルミ製の弁当箱のため、今は殆ど影をひそめた。

二　とってなげ

昔、ある旅人が、行きくれて野中の一軒家にとまった。すると主人が野良（のら）ばたらきから帰って来て、

「ザイゴ（田舎）だから、何もハアごちそうが、ガアセン（ありません）が、あしたの朝、何かこしらえてあげェす。何か好きもの言ってくなんせ。おら家（え）のガガ（妻）なら、とって投げでも、半殺しでも、みな殺しでも、何でも上手にこしらえますから」

と挨拶してくれた。とって投げとは小麦粉をねってつくるスイトン、ツミイレのこと、半殺しとはオハギ、ぼた餅の類、みな殺しとは餅のことであったが、旅の人にはそれがわからなかった。

「ハア、何でも結構です。」

そう返事はしたけれど、投げられたり、殺されたりしてはたまらないと思って、夜中にこそこそと逃げ出してしまった。（菊池元枝夫人に聞く）

三　みそ

熊吉は、ある山寺の名子（なこ）であった。和尚さまから言いつけられて、山に薪きりに行くことになったが、何が居るかわがんねェがら、これをもって行けと言われて、御祈禱をした御守り札数枚を与えられ、粟飯をヒツコにつめて、ミソをおかずに入れた弁当をもって山に行った。そして柴を何把かきって、お昼頃になったので、ケラを布いて弁当をたべたが、おかずのみそを一寸落したけれど、それを拾わなかった。

やがて日がくれそうになったので、柴を背負いながら山道をとぼとぼ帰って来ると、途中で一人の老婆に出会った。

「なんたら大きくなったべェ。熊吉でねェがや。」

そう声をかけられたが、熊吉には覚えがなかったので、答えようもなしに、キョトンとしていた。

「忘れだべもんなァ、お前がまだめっちゃけェ（小さな）ボウズワラシ（童）の時、おらの乳（ち）ッコのんでおがっ（生長し）たんだ。寄って休んでげェ（行け）。」

熊吉は負うた柴をおろして、婆の後に従った。その家というところまでは、一寸距離があったので、もうすっかり日が暮れてしまった。そして夕飯をたべると、もう暗い山道をひとりで寺に帰るのがオックウになった。

「おそくなったしハァ、とまっていげ。」

老婆は親しげに言ってくれるので、熊吉もその気になった。奥の間に床をとってやすませられた。疲れてはいたけれど、やはりなれない寝床なので、夜なかに目がさめた。すると台所の方で、ビチリ、バチリと音がする。びっくりして老婆がまだ起きているのかと、こっそり障子の破れ目からまがって（のぞいて）見た。すると驚いたことに、老婆の頭のてっぺんが大きく割れて、そこを口にしながら白い米の飯のお握（にぎ）りをパクパク食っている。熊吉は声を出さんばかりにどうてん（びっくり）したが、何とか逃げ出さねばならないと思って、大便に行きたいと言い出した。老婆はいまいましそうな顔をしながら、

「そんなら間違うといげねェ、これをつけて行きなさえ」

と言って、熊吉の腰に縄を結びつけた。熊吉は逃げ出すつもりだから、いつまでも出て来ない。老婆は縄をひきながら、

「お手水（ちょんず）まだが」

と問う。熊吉は、

「まだ、まだ」

と答えた。

「お手水まだが。」

「まだ、まだ。」

　こうして何遍かくり返した。熊吉の返事はだんだん声が細って行く。ねむかき(居ねむり)しているかも知れないと思って、老婆が雪隠(せっちん)をあけて見ると、お札が戸にはってあるばかりで、熊吉の影は見えなかった。老婆は火のように怒って、熊吉の跡を追いかけた。

「熊吉ーイ、にがさんぞー。」

　われ鐘のような声が、夜の山谷にこだましてものすごい。熊吉は一生けんめいで逃げて行く。しかしだんだんに声は近づいて来る。ふり向いて見ると、髪をふりみだして鬼形になった老婆が、韋駄天(いだてん)走りにどんどん追っかけて来る。そこで熊吉は、またお守り札を出し、今度は、

「山が出ろ」

と老婆の方へ投げた。するとその鬼婆の前に山が出て、進んで来る路をさえぎった。しかしどうしても捕えようというのだから、鬼婆の方がすごく速い。またさんだん近づいた。そこで今度は、

「川が出ろ」

とお札を投げた。鬼婆は少しもひるまない。抜手をきって泳いで来る。熊吉は、

「火が燃えろ」

と、いよいよ最後の切札である。さすがの鬼婆もこれにはたじろいだ。そしてもじもじしているところを、熊吉はやっとのこと、お寺の門にたどりついた。もう東の空が白みかかっている。ドンドンと戸をたたいたので、和尚さんも目をさまして起きて来た。そして熊吉からわけを聞いて、

「よしよし、暫くここに入って居れ」

と言って、コロモの袖にかくしてくれた。

鬼婆はしつこく寺までやって来た。そして和尚さんといろいろ押問答をした。

「ここに逃げこんだのを見届けとる。ぜひ出してくなせェ。」

「いやいやそんなことはない。そなたの気の迷いじゃ。」

「きっといるでば、あのウソツキの熊吉めが。」

「ウソだと思わば探しても見よ。それでいなかったら、神妙に拙僧(わし)の言う通りなられるとな。」

「居るにちげェねェんだもの、何とでもなりまさァ。」

せかせか息をはずませて来た鬼婆も、少しはおちついて来た。そして隅から隅まで、残るくまなく寺中を探したけれど、和尚さんの袖の中にかくれている熊吉を、見つけることができなかった。正体を見抜いた和尚さんは、

「熊吉を出すから味噌になれ」

と言うと、鬼婆はころりと一つぶの味噌になってしまった。そこで、

「熊吉、熊吉、婆は味噌の化けものだから、早く食べてしまえ」

と言ったので、熊吉は袖から頭を出して、ぺろりと味噌を呑んでしまった。

（宮城県気仙沼地方）

註　みちのくの俗、ミソを尊重し、つくって三年を経てこれを食い、五年、七年に至るものがあり、ミソ倉を特設してこれを貯蔵する風があった。ある意味で古い味噌を保有することが、家格、資産などをあらわすものと考えられ、味噌のなくなるときは、身代の落ち目になる時であった。従って味噌を粗末にすることは一種の禁忌で、味噌を落して拾わないと、それがひとりでに腐るまで病気をすると言って戒めたものであった。

名子は江戸時代まではひろく各地にあった従属の民、主家に仕え労力を供してその保護をうけ、独立の地位、能力が認められなかった。今でもみちのく北部にその風を存し、たべものでも名子飯は、同じ家にありながら、主家とは別に粟、稗、カテを多分にまじえた粗食を与えられる。名子分家により主家から別れてからも旦那様に対しては依然ケライである。

四　餅と酒

お正月ァええ（よい）もんだ
ひいし（火うち石）のような餅食って
油のような酒のんで
「きんきんきびァえー」
（あるいは最後の句を次のようにもいう）
しー（小便）こぼん（大便）こたれもすべ
お正月ァえい（よい）もんだ
油のような酒のんで

雪のような餅くって
ハア（羽根）で　ハアで　ついて遊ぶ
（水沢市地方）

註　昔、平素粟や稗をまじえ、甚しきは大根、あるいはその葉を乾した干葉（ほしば）の類までもカテとした粗食に甘んじ、朝に霜をふみ、夕に星をいただく過重な労働に追われた百姓たちが、正月だけは米の飯、餅を食い、酒を呑み、肴にもありつき、手足をのばして休息する情景と心事とを歌いこんだものである。今や世情、生活の変化とともに、こういう歌が必ずしも昔の人と同じ感じではうけとられなくなった。

五　かてもの

主食の統制、配給は、かてものなどのことを忘れさせたが、みちのくの山村には、殆ど田のない所もあって、近頃まで米を竹筒にたくわえて置いて、病人の枕元でふってきかせ、元気をつけたという話さえある。従って五年に一度か、七年に二度位めぐって来る不作、けかちにはもちろんのこと、平常でさえ米、麦、粟または稗をまぜた三穀飯は上々で、それに大根、干菜（ほしな）、海岸地方なら昆布の根を干したメノコを加えたカテ飯をたべて、穀類を食いのばした。不作、けかちにはそれだけでは間に合わない。山地では稗粒の中に稗をついた糠をまぜた稗カユ、シダミという楢の実あるいはトチの実の餅、蕨の根を晒粉にした根餅はなくてならないもの、米糠にはくだけた米粒が残っているから、これを蒸してつくと上等な餅になった。その他穀類としては、麦糠、ふすま、豆類は言うまでもなし、大豆の柄、小豆の葉、ソバの柄から、ワラを煮てついたワラ餅までつくった。山菜はそのまま食われたが、山牛旁の葉は干して餅に入れ、松の皮の軟かい部分で、松皮餅というものもつくられた。海産物としてはアラメ、スルメ、ニシンを始め、かますに入れた干物、淡水産の田ニシも干してたくわえられた。そしてこういうものだけでは露命をつなぎ得ないで、続々飢死をして行った。

それでどうにかして窮民を救い、世のためをはかろうと、米沢の藩主上杉治憲（鷹山公）は、「かてもの」という書をつくらせて藩民にわかち、相馬藩でも「かてもの考」を出版した。民間では一関藩の医者である建部清庵の「民間備荒録」水沢出身の高野長英の「救荒二物考」仙台藩医佐々城朴庵の「救荒略」相馬の初瀬川建蔵の「備考録」など、カテモノや代用食品の研究が盛んに行われた。秋田の佐藤信淵になると、もっとひろく農政、経営、技術などの面から、カテに生きる悲しい百姓衆に思いをかけたもの、仙口台藩では、金穀を出して飢になやむ人々を救った志あつき百姓には、知行を与えてその善い行いに報いたものであった。

どんぶく着た旦那さま
お年（とし）もたつくり
望（もち）の年もたつくり
切った肴食ったこどアねェ

羽織ももたないどんぶく（綿入絆天（はんてん））を着ているお粗末な旦那につかわれている下撲（しもべ）が、年越しにも、小正月にも、たつくり（ごまめ）ばかりで、切身の肴をたべたことがないという、貧しい食生活に対し、皮肉ともなげきとも聞こえるわらべ歌である。

ゴケガガ（継母）と子ども

一　お月とお星

昔、ある所に姉と妹と二人の娘があった。姉の名はお月といって亡くなった先妻の子、妹の名はお星、継母の子であった。お月とお星はとても仲がよかったけれど、継母はお月をにくんで、いつもつらく当った。ある日父が町に出かけた留守に、お月には馬のマグサを煮る釜の水くみをいいつけた。しかもザルで水をくませたので、お月は何べんも井戸に行ったり来たり、くたくたになるまで働いて、やっとのこと水を一ぱいくみ終えた。

すると今度は、またお月を山にやった。萩をとって来いと言いながら、ナタも鎌もやらなかった。お月はしかたなしに、萩を手で折って、たくさん背負って帰って来た。継母は釜に火をたきつけて、お月のくんだ水をぐらぐら煮立てていた。そしてお月の折って来た萩を釜の上にならべ、お月を渡らせることにした。お星は姉思いであったが、母のすることをハラハラ思いながら、これをどうすることもできない。

もとより煮えたぎる釜の上の萩を渡ったのだからたまらない。お月はそれにはまって、大やけどした。継母はこれを死んだことにして、葬式を出したが、お星は姉の棺の底に穴をあけ、ケシの種子を入れた。そしてその日から、庭さきに小鳥が鳴くようになったが、その声は、

　ザルで水千かえり
　萩の橋コわたって
　ツールリ　ザンブリエ

と聞えた。

　町から帰って来た父は、お月が死んで葬式もすんでいるのにおどろいた。妹のお星も何も語らないで、だまって木割をもって山に出かけた。道もない木々の下やみに、ケシが生えて早やツボミをつけているものがあった。行くが、行くが、行くと、山の上の小高い塚の所で、そのケシが消えていた。それでももって来た木割でチャキリ、チャキリ、土を掘った。

「お月姉ツァ」

と言ってはチャキリ、また、

「お月姉ツァ」

と言ってはだんだん掘下げた。そしてとうとう、

「アーイ」

とかすかにお月の答えが聞こえて来た。いよいよ力づけられて、

「姉ツァ」

「アイ」

とだんだん近くなる。遂に掘りあてて姉をたすけ出した。けれどもお星は、家につれて帰ったら、また姉に難儀をさせるから、その山すそに小屋をつくって、姉と一しょにくらすことにした。

お月が死んで、ついでお星が家出してしまうと、その後父はさびしくてならなくなった。ふしぎな小鳥はやはり毎日庭さきに来て鳴いたけれど、父にはその声が読めなかった。それでお月をとむらい、お星の行方をさがそうとして、六部の巡礼に出かけた。よその家の門に立っては、チーン、チーンとカネをたたきながら、

お月にお星がいるならば
何しにこのカネたたくべや

と声高らかにとなえるのであった。そして行くが、行くが、行って、人気もない山里にさしかかった時、お月とお星が「おとッつァん」と左右から寄って来た。三人は家に帰らずに、この山小屋で仲よくくらした。

二　カツ女

天保の頃、岩手県胆沢郡のある村でのできごとであった。一女をのこして夫に死別したヤモメの婦(おんな)が、その娘をつれて再婚した。ところがその家にもまた前の妻がのこした娘があって、自分の娘よりも年長だったので、互に姉とよび妹ときめて、一家が平和にくらしていた。然るに居ること数年、運つたなくもこの婦は、二度目の夫にも死なれてしまった。それからという

もの、一家の主となったこの婦は、とかく長女を忌み、百方これを除こうとしたが、なかなか成功しなかった。それで年ごろというのに、姉娘の顔はだんだんやつれて、色つやもなくなり、深い愁(うれ)いをたたえて、どう見ても病気になりかけているとしか思われなかった。それとなく心をいためたのは、妹のカツ女である。ある日のこと、姉と二人ぎりのところで、思いきってたずねて見た。

「姉ツア、このごろどこかアンベェ（塩梅）コわりいんでねェの。」

　図星をさされて実はドキンとしたけれど、しかし姉はさあらぬ態によそおって、

「うんネ、何ともないの」

と答えたけれど、カツはなかなかそれでひきとらなかった。

「でもあんまり顔色がわりいよ。薬買って来て上げっから、どこかいたいどこ言ってけで。」

　妹はどこまでも追求してやまない。姉もほんとうは自分の胸一つにおさめかねる問題である。

「いでェどこも何もねェが、毎晩幽霊におこされて寝つかれないのさ。」

　そう答えて、実母の幽霊が恐ろしい姿で毎夜寝室に襲い来ること、そして「早く死ね、死んでわたしの居るところに急いで来い」とさいそくしつづけることを、おののきながら話してきかせた。

　姉思いのカツは、それはてっきり狐か狸など、魔性のしわざにちがいないと思った。そして姉と寝間をとりかえて、ひそかに利鎌(とがま)をかくして床についた。するとその夜もふけて、あたり静かに草木も眠るかと思う時分、来って布団の上からのしかかるものがある。

「おまえー、生きてでひでェ思いするより、早く死んでおがァ(母)どこさこーい。その方楽だぞー。」

黒い影はこう言うだけで、もとより暗がりの中では顔も容(かたち)も見えない。

「ばけもの。」

大喝一声、思い定めたカツは、とぎすました鎌できりつけた。暗中にも手ごたえがあって、その黒い影はばたりと倒れた。聞きつけて、あかりをかかげてはいって来た姉はびっくりした。狐ではない。人間である。恐る恐るこれをしらべると、まがいもない継母である。髪はバラバラにふりみだし、白衣をつけている。姉も妹も腰を抜かさんばかりに驚いたが、しかし母の虫の息は間もなく絶えた。

娘たちの声に応じて、隣、近所の人々も集まって来た。カツはしっかりものの本性を発揮して、

「母を殺したのはわたしです。わたしもここで死んでおわびがしたいのですが、わたしが死んでしもうたら、罪もない姉ツァがうたぐられます。組頭どんからお上に訴えてくなさェ。どんな裁(さば)きでもうけますから……。おねがいです」

というので、組々で評議して、肝入(村長)からお上に達した。カツは半年ばかり牢屋につながれ、やがて村に帰ることを許された。

「よく姉をたすけて、ワザワイを除いた。」

裁判はこれだけで、母のことには触れなかったということである。

三　与次兵衛

塩釜の二井町に与次兵衛というものがあった。早く生みの母親にわかれ、二歳から継母に育てられた。そして父が病気になると、心をつくして看病につとめたが、その頃、継母も、人にきらわれる癩病(どうす)になり、病父のみとりもできなかったから、たびたび継母の離縁話がもち上ったけれど、与次兵衛はその都度父を諌めて、これを思いとまらせた。

父がなくなってから、継母の病状はいよいよ悪化して、手足の自由も失われ、口がゆがみ唇ただれ、人目もあてられぬみにくい姿となったばかりでなく、大小の二便はもとより、食事も自分でとれないようになったので、与次兵衛は一々これをたすけて、醜をいとわず汚いことをきらわずに、専ら継母への奉養、看病につとめた。殊に継母が小歌をすきであるのに、今や病の床についたきり、何の楽しみもなくなったさびしさを思いやり、物もらいなどが歌いはやして、その門辺にめぐって来た時には、必ず継母を背負うてその場に至り、これを聞かせて慰めてやった。もし人あって、与次兵衛のつとめて至らざるなき、かゆいところに手のとどくような奉養ぶりをほめたたえると、与次兵衛は、

「わたしゃ二つの時から母に育てられんした。今こうして一人前の男になっているのも、全くあの母のおかげでがんす。まだこれしき位では、御恩返しもできんせんです」

と言って平然たるものであった。

与次兵衛の家は、塩釜の宮修理の日雇頭であった。従って役人の出入、宿泊などもあり、継

母のことで不快を感じさせてはならないと、新しく別屋を建て、ここで別火にして炊事万端をとり行った。明和五年九月、仙台侯伊達重村（徹山公）から、その孝心を賞せられた時、与次兵衛は年二十六、妻が二十五であった。

はらから

一　かけ椀太郎

　昔、ある所に、太郎、次郎、三郎という三人の兄弟があった。次郎は反物屋で呉服あきない、三郎は米屋で、二人とも働き手であったから、だんだん儲けてお金がたまった。兄の太郎はなまけもので、いつものらくら、一向に金儲けのことなど考えなかった。

　そのうち父が年よりになって来たので、三人の子たちに財産を分けてやり、どこになりと行って、独り立ちができるよう、どっさりお金を儲けて来いと言渡した。次郎と三郎とは、別段よそへ行かないでも、相当すでに産をなしているから、自宅で一生けんめい家業に精出したが、なまけものの太郎だけが、何か儲け口がないものかと、村から町、町から村へと旅をつづけた。そしてある日、さびしい山路をとぼとぼ歩いていると、山姥にばったり出会した。

「太郎、太郎、どこさえぐ。」

「何か儲け口がねェがと思って、さがしています。」

「ハッハッハ、お前も金を儲けたくなったのが。」

「エー、もうオトッツァ(父)が、あとは金をやらないから、ひとりで儲けて来いっていうんですよ。」

「よし、よし、そんなら婆が家さ来て働け。」

そんな話の末、別によい働き口が見つかりそうもない太郎は、山姥の家に行って働くことにきめた。

朝夕の水くみも楽でなかった。水カメばかりでない。馬の大釜にも、米のとぎ汁だけでは足らなかったから、これにも汲んで補わなければならなかった。春山の薪きり、夏になるとごろごろ石臼をまわして麦こがし、コウセンひき、田植、稲刈りの忙しさはもとより、冬になればケラつくり、モトチない、お正月にでもならねばホッとするひまもないはげしい働きを三年もつづけた。働かせるばかり働かせて、お金もくれないし、着物もつくってくれなかった。そして三年の年期がきれたというのに、

「お金がいる時は、これを伏せて底をとんとんたたけ」

と言って、かけた椀コ一つくれた。

太郎はその椀コをふところにして、父のもとに帰って来た。しかし着物はぼろぼろであったし、身なりがうす汚くて、誰が見てもお金などもっていそうでなかった。もうだいぶお金を儲けた次郎、三郎にして見れば、なまけものの兄は、やっぱりぶらぶら遊びくらして、父から分けてもらったお金がなくなったので、乞食をしながら帰って来たと思って、厄介ものがふえた位にしか考えなかった。父はまた父で、乞食のなりをしてでも、太郎が帰ったからには、村の

人々を招いて、披露しなければなるまいと思いながら、お金は三人の子に分けてやってしまったので、もうあまりというものもなかったから、心配ばかりして顔色が悪かった。

太郎は太郎で、気をきかせて、自分で近所の人々を招き、帰郷の披露をする計らいを進め、ある日父に向って、

「オトッツァ、オトッツァ、お振舞いをするにゃ、誰と誰をよんだらえがんべが」

とたずねたので、父はびっくりして、

「だって、お客をよぶには、金がかかるでなァ」

と心配顔をした。

「お金なら心配いらねェ。おれ出すがら。」

太郎はそう言って、かけた椀コを倒さにして底をたたいた。父がいるというだけのお金はすぐに出て来た。

父は二度びっくりした。しかしいつもいるだけのお金は、太郎がこしらえてもって来るので、すっかり太郎を信用して、自分の跡は太郎につがせることにした。なまけものという若い時分の評判も消えて、太郎はだんだんお金もちになった。


（岩手県）

二　ヒョウタン観音

昔、ある所に兄弟があった。兄は欲たかりで、弟ははからい上手であった。その弟が町に行って、やせ馬一疋を買って来たが、もう老いぼれて役に立ちそうもなかったので、どうにか兄

をだまして、高く売りつけようとたくらんだ。

ある日のこと、弟はその馬を庭にひき出して糞をさせ、その糞の中に、そっと銀の塊をしのばせて、兄をよびに行った。

「兄な、兄な、おれが今度買った馬は、見所のある馬だよ。カネの糞をするから早く来て見なよ。」

兄はカネと聞いて、息せききってとんで来た。そして馬糞の中にキラキラ光るものを見ると、にわかにその馬がほしくなった。

「弟よ、この馬、おれに譲ってくれぃナ。」

「だってこれは家の宝だもん。」

「金を十両だすから譲ってけろ。」

「いやいや、とっても手放すことァできねェ。」

「ホンならもう十両出すが。」

「ごめん、ごめん。」

「もう十両たしてやっても。」

こういうかけひきの末、もとは五両もしなかった老いぼれのやせ馬を、まんまと五十両に売って、弟はけろりとしていた。

兄はその馬をひいて家に帰った。そして豆だの籾だのを沢山に食わせた。たんと金をひらせようとの魂胆であった。やせ馬はたんと糞をしたけれど、金も銀も出て来なかった。血眼になって探して見ても、ビタ一文はいっていなかった。弟の奴、だまして五十両せしめたのだと思うと、忌々しくてならない。ぷんぷん怒って、弟の家にかけつけた。

弟は朝飯をたべようとして、カマドから釜をおろした所であった。兄がガン、ガンとどなりこんで来たので、馬のウソがばれたのだと思った。しかしやはり平気をよそおって、しずかに言った。

「何だよ兄、そんなに血相かえてよ。」

「何もかもあるもんか。よい加減に人をだまして。あんなやせ馬、ただの糞ひりじゃないか。五十両返せ。」

「また兄がせっかちだよ。いくら宝馬だって、今日のことじゃないか。少しおちついて、も少し太るまで養ってやりなよ。それよりもこのお釜をごらんよ。兄のとこの鍋よりも重宝なものよ。」

食いつくように怒った兄も、弟にそう言われて見ると、いかにもそうかも知れないと思った。そしてまだイロリの自在かぎに鍋をかけて飯たきをしている兄は、釜がそんなに重宝なものかと思ったけれど、しかし見かけは一向よその釜とかわらない。兄はスッカリ、さっきの怒りを忘れてしまった。

「だってただの釜じゃないの。」

「だから兄貴は馬鹿だと言われるんだよ。これは岡釜という釜で、洗ってカマドにのせて置くと、ひとりでどこからかお米が来てはいるんだよ。お米が来るとまたどこからか水が来るんだ。

ひとりでとげて、いつの間にかひとりでチャンと煮える。こんなうまくできたお釜もないもんだ。」

弟はいよいよおちつき払って、おいしそうに朝食をはじめた。兄はそれを見て、今度はその岡釜がほしくなった。そして何度もだますな、だますなとダメを押しながら、また五十両出して、岡釜をもって家に帰った。そしてこれを台所に据えて、米が来るか、水が来るだろうと、しびれをきらして待ったけれども、一向それらしい気配が見えなかった。また一ぱい食わされて五十両かたりとられたと思うと、腹が立ってならない。まっかになって弟の家にとんで行った。今度こそどうでも五十両とり返そうと、勢いこんでかけつけた。

ところがどうであろう。弟は大きなヒョウタンを頭にのせて、踊りまわっている。

観音どんな鬼どんな

今度ばかりは助け給えや

観音どんな鬼どんな

今度ばかりは助け給えや

ほら、助け給えや

気でもちがったかと思われる弟の様子に、兄は気勢をそがれてしまった。あっけにとられて、それは何のマジナイかと弟にたずねた。弟は真顔で、

「今うちのガガ（妻）が急病で死にかかっているんだ。それでヒョウタン観音さまを頼んで、御祈禱してる所だよ。ああ、ガガがよくなればえィが」

と話して、あたりをきょろきょろ見まわした。すると妻女が水をくんで、裏口の方からはいって来たので、弟は、

「ああ、よかった。大変なことになるとこだった。ヒョウタン観音さまの御利益で助かった」

とけろりとしている。

兄はまたそのヒョウタンがほしくなった。そして弟にかけ合って譲ってもらおうとしたが、弟はいっかな聞入れない。家内安全、病気退散、金も福徳も、思いのままに授かるというのだから、どうしてもこれだけは譲らないと頑張る弟をなだめて、兄がもっている一番上等な田地ととりかえて、このヒョウタンをもち帰った。

しかし兄の家には、病人もケガ人もなかったので、折角のヒョウタン観音さまの、御利益をためすことができなかった。それで不意に妻女を背後からどやし、ねじ倒してケガさせた。そして弟がしたように、

観音どんな鬼どんな

今度ばかりは助け給えや

と、ヒョウタンを頭にのせて踊って見たけれど、一向ききめがなかった。

（岩手県）

三　赤淵の龍

秋田の角館の下川原に、葭谷地という所があり、赤淵という淵がある。昔はこの淵の底に朱が埋まっていて、その朱をとってくらしている兄弟があった。然るに弟は兄をじゃまものにし、

何とかして少し智恵の足りない兄をだまして、自分ひとりで朱をとろうという算段から、朱塗の膳を二つ合わせて、大口の恰好にし、大きな竜の形をつくって淵に沈めた。そうして置いて、

「兄（あん）ツァ、兄ツァ、用心さァせいな。近頃赤淵に竜がヘェッ（入）て、人を食うヅウ噂でッちェ」

と言い聞かせたからたまらない。朱をとりに行った兄が、淵の底にもぐって見ると、なるほど大きい口をあいて、すぐ食いかかって来そうな竜がいた。びっくりして青くなって帰ったきり、兄はそれからふっつり朱をとりに行くのをやめてしまった。

　兄をおどかしてうまく成功した弟は、それから暫くの間、ひとりで思う存分に朱がとれるのにほくそ笑んだ。しかけた竜は、元のままに、いつまでも赤淵の底に沈んでいる。けれどもこうして日を送るうちに、この竜がだんだんほんものらしく見えて来る。そしてある日のこと、恐る恐る朱をとっている弟に、いきなりとびかかって来て、ただ一呑みに呑んでしまった。

四　海の塩

　昔、ある所に金持の兄と、貧しい弟とがすんでいた。年の暮になっても、正月のしたくができなかった弟は、兄の家に米を一升借りに行ったけれど、兄は貸してくれなかった。がっかりしてとぼとぼ家に帰って来ると、山道で柴を背負うた白髪のお爺さんに出逢った。

「若ェの、何かアジコト（心配）しながらどこさいく。」

「ハイ、今晩は年越しだけれど、お歳神（としがみ）さんに上げるものもねェので、あてもなくこうしてあるいています。」

「そう、それは困るねェ。この麦饅頭（まんじゅう）をあげるから、この先の御堂に行ってごらん。御堂の裏に穴があって小人がいるが、その小人たちがとてもほしがるので、その饅頭をやりなさい。そして金でも米でもねェ、石のひき臼ととりかえてもらいなされ。」

　そんなに教えられて、麦饅頭をもらい、御堂まで行って見た。なるほど穴があって、小人がわいわいさわぎながら出入している。見るとたった一本の萱（かや）をとりまいて、ころんだり起きたりしている。それでそれを指でつまんで運んでやると、とても力の強い人だとびっくりされた。けれどもいきなり人殺し、人殺しというので、よく見ると一人の小人が、下駄の歯の間にはさまっていたので、急いでそれをつまみ出してやった。すると小人たちは、弟が手にしている麦饅頭を見つけ、ぜひ譲ってもらいたいと、沢山の黄金をもち出してつみ重ねた。しかし弟はお爺さんから教えられているから、石のひき臼とならかえてもいいと言って、きかなかったので、小人たちは石のひき臼をもち出した。そして小人の仲間ではまたとない宝もので、右へ廻せば望み通りに何でも出て来るが、左へ廻せば出なくなると教えてくれた。

　弟がひき臼をかかえて家に帰って来ると、女房は待ちくたぶれていた。年越しの晩だというのに、米も借りないでひき臼などもって来たと、さんざん小言をいう。弟は弟で早くゴザでももって来いと応じる。そしてゴザの上に小臼をすえ、

「米出ろ、米出ろ」

と言いながら右に廻すと、米がぞくぞくと出て来た。その次に鮭が出ろと言うと、塩引が何本も出て来た。こうして弟は、何不足もない年越し、正月を過ごすことができた。そればかりで

ない。家も土蔵も、厩も馬も出して、にわかに長者のくらしをすることになったので、親類縁者を残らず呼んで、祝いごとをすることになった。もちろん米を貸さなかった兄もよばれて来たが、弟がにわかに分限者になったのが不思議でならなかったから、弟のすることを気をつけて見ていた。いよいよ酒もりがはてて、客人が帰ろうという段になると、弟はそれに手みやげを持たせようと、例の石のひき臼を廻して、お菓子を出した。兄はこっそりすき見をして、すっかりそのからくりを見てしまった。

その晩、弟夫婦が疲れてやすんでいるのを見はからって、兄はその石の小臼を盗み出した。側にあるゴチソウ類まで、残らずもち出した。浜に出て見ると、幸いに小舟がある。どこか島に渡って、ひとりで長者になろうという欲を出し、小臼を舟にのせて沖にこぎ出た。舟の中には甘いものばかりで、塩がなかったので、

「塩出ろ、塩出ろ」

と唱えながら、臼を右に廻した。出る、出る、たちまち舟一ぱいに塩が出た。しかも兄は左へ廻してとめることを知らなかったから、もう沢山と思っても、後から後からと、限りなく塩が出て来た。いつまでも出て来て、とうとう舟が沈み、兄は盗んで来た石の小臼もろとも海の底に沈んでしまった。今でもそれを左に廻すものがないから、石臼は塩をいつまでも出すために、海の水は塩からいのだということである。

（岩手県）

五　度胸だめし

昔、ある所に三人の兄弟があった。兄の太郎が長者のムコになったが、夜中に嫁に鍬をもたせられ、墓場につれて行かれて、ここを掘れと言われたが、恐ろしかったので逃げて帰って来た。

それで今度は二番目の次郎が、かわってムコに行った。やはり兄と同じように、嫁につれ出されて、墓場を掘れと言われたが、小馬鹿くさいと思ったり、恐ろしかったりして、これもさっさと帰ってしまった。

ついで三番目の三郎が、かわりのムコとして長者に迎えられた。ところが嫁女は一向かわりがなく、やはり鍬をもたせて墓場につれ出し、そこを掘れとたのんだ。三郎はうす気味わるく思ったけれど、嫁も側に居ることとて、言われるままにそこを掘ると、ゼニ、カネがざんぐぼんぐと出て来た。それを見ていた嫁女は、

「おらア、度胸だめししたんち。アンツア（兄）たちア、おっかね（怖ろし）がって逃げてしまったども、おめ（前）ハンおちついた人だて、おらア家（え）コにいでけらしェ」

と言って、三郎と一生くらすことになった。

（秋田県）

お菊の水

岩手県紫波郡片寄（かたよせ）の中曾根屋敷の十兵衛というマタギは、それこそミソサザイの目でもうち貫くほどの猟の名人であった。ある時手を合わせておがむ猿をうって帰ると、それが子をはらんでいたので、同じく身ごもっている妻女が、ひどくこれを気にしたが、月みちて生まれた子供は、手足が熊で、顔は猿という奇形のもので、間もなく死んでしまった。これから三度程、人間らしくないものを生みつづけた妻女が、四度目に美しい女の子を生み落したので、十兵衛は喜ぶこと限りなく、お菊という名をつけて、蝶よ花よと育てあげた。そしておがる（成長する）につれていよいよ美しくなったので、あちこちから縁談が降るようにあったけれど、一向耳を傾けないで、年が二十一にもなってしまった。

ある日のことである。お菊はしげしげと空を見上げながら、

「雨で流れて行くべェが、風にのって行くべェか」

とひとり言をする。父はこれを聞きとがめ、何のことか反問したけれど、それには答えないで、

「しばらくわたしの寝間（ねま）をそっとして置いて、見ないでくなさえ」

という。十兵衛はふしぎに思って、ひそかにお菊の寝間をまがって(のぞいて)見てびっくりした。十六本の角をもつ丈余の大蛇が、長持にぐるぐるまきついて、お菊の姿が見えない。しかしその姿を見られたことがわかると、すぐに蛇体がもとのお菊にかえって、

「おどッつァん、どうてんし(びっくり)ないでくなさえ。わたしはもとおどッつァんに殺された五郎沼の蛇だったじ。そんで仇(かたき)ばうつべと思って、おがア(母)腹さへェったけど、生まれて見ればあんまり大切にされて、仇のことは忘れてしまったしィ。だがこうして見られてしまっては、親子の縁もこれで切れんす」

と長々身の上話をして、長持の中から青い色の玉をとり出した。そしていつでも娘に逢いたくなったら、この玉をもち出して、お菊、お菊とよんでくれさえしたら、きっと姿をあらわすこと、またもし飢渇(けかち)のことがあったら、この玉をなめると、ひもじさがなおることなどを教え、仙台領の東山(東磐井)の保呂羽山の麓にうつり住むからと言い捨てて、いずくともなくとび去った。

お菊の蛇体はこうして、東山にうつったけれど、保呂羽の権現さま(藤沢町と大津保との境上にある金峰蔵王権現)に寄せつけられず、南小梨のマタカの堤に入った。しかし神のたたりがなおやまず、殊に雷神に追われて、その身は八つ裂きの目にあい、大雨になって北小梨川の水があふれ、堤を破り橋を流し、お菊の屍も流れ流れて黄海(きのみ)に至り、北上川に流れ込んだ。寛政三年十月十六日の大風雨がこれで、世にお菊の水と称し、東磐井、登米両郡が水害をうけた。

みちのくの災害には、地震、津浪、冷害、洪水などいろいろあるが、堤防も治水も不十分だ

った北上川筋では、三年に一度の秋収を見れば、ひき合うという田なども、昔はあったものという。あふれた水が運んで来た沃土で、肥料いらずのただとりだったからである。そればかりでない。例えば文久元年十二月三日、北上川の大洪水の折の如き、堤防が破れて藩の米倉が危くなって来たから、一関田村藩館崎の倉役八木金八は、急いで米穀を倉から出し、附近の小舟を総動員して、これに積ませたけれど、トモヅナが解けて、次第に下流に押流された。そこで金八も舟にのり移り、流されて登米郡錦織(にしごり)村まで下ると、村民相集まりこれを掠めとろうとしたので、金八は大声でしかりつけ、藩のものを奪わば、その罪重しとさとし、これを全うし得て、一関侯からほめられたことがあった。この人は明治維新後桑園をひらき、百家の書を究めて養蚕八金伝をあらわし、一関地方に養蚕をひろめた功労者であるが、洪水の多い北上川筋では、こうして昔は無主の漂流物を私して、一年分の薪を拾ったり、甚しいのになると、流材が新築住宅にかわって、水ましで建った家などもあったと言われる。今は昔の語り草である。

膳貸し沼

宮城県登米郡石森にうば沼という沼がある。昔、うば沼のほとりの百姓家に、子守娘が雇われていた。まだ年はがいかなかったので、子守の仕事が思ったよりもつらかったために、どうにかしてやめて自分の家に帰りたいと思ったけれど、その家がまたとても貧しかった。ある年のこと、村の若い衆が、その頃あちこちではやった抜け参りということをして、主家にだまって伊勢参宮に出かけることを聞きこんで、この娘も伊勢に参りたいと志し、やはりだまって、かくれて参宮に出かけた。

子守娘にいなくなられて、さびしくなった子供は、間もなく病気になって死んでしまった。娘は道中難儀をしながら、参宮をした上に、京都や江戸をも見物して、三年がかりで村に帰って来た。定めし大きくなっているだろうと思った子供は、死んでしまったときいて、うば沼のほとりの墓をあばいて見た。するとその中から、驚いたことには金のヨタレ（幣束）がほり出された。

子守娘はこの日をあらためて子供の命日とし、墓のほとりに宮を立ててまつり、自らはオカミン（巫女）となってその祭りに仕えた。そしてうば沼の主にお願いして、祭日には膳、椀を貸してもらった。村の百姓たちも、入用のことがあれば、前日、入用なだけ紙に書き入れて沼にもって行きさえすると、誰にでも同様に膳、椀が貸してもらえた。しかしいつの間にか悪さをする人があって、お椀を一つ不足したまま返してから、どんなにお願いしても、貸してはくれなくなった。

沈んだ鐘

一

花巻市の尼平（あまたい）の淵は、一に鐘が淵といい、もと花巻城内にかけてあった鐘がころげ落ちて、沈んでいるところである。その形が水中に歴々と看取せられるにもかかわらず、押してもひいても動かないので、別に鐘を鋳て城中にかけた。鐘をつく毎に水中の鐘もその響に応じ共鳴したと伝えられる。

同じ花巻市円満寺の鐘は、稗貫一揆平定のために出動した江刺勢のために分捕られ、一時江刺にもち運ばれた。ところが江刺では、一寸ぐらい撞いても叩いても、なかなか鳴らなかったので、大撞木をこしらえて多勢の力を合わせてこれをついた。すると天地も割れんばかりの巨声を出して、よく聞くと、

「円満寺恋し」

という音を出す。そしてその後は、夜、さわるものがないのに、うなり声を発して、やはり、

「円満寺恋し」

と鳴った。そこで江刺の衆は、かつは怒り、かつは恐ろしくなって、もとの所に送り返すとし、多勢の人夫がかついで照井沼の辺まで行くと、鐘が重くなって動かなくなった。人夫たちは腹を立てて、これを沼にころがし落して帰った。花巻が南部氏の領地となり、北松斎が花巻城代になると、照井沼には白い鮒が居ることを聞き、百姓たちに命じて網を打たしめた。ところが網にかかって動かないものがあるので、更に念を入れて探らせると、大鐘の竜頭であった。そこで近所の百姓達を総動員してひき上げさせ、これを時の鐘とした。この鐘には応仁二年の銘があった。

二

常陸の鹿島郡上幡木に、十郎兵衛という漁夫があった。自分にはわからないけれど、よく仲間の漁夫たちから、

「十郎が船からお経をよむ声が聞こえる」

と言われた。あんまりそう言われて見ると、十郎兵衛も気にかかった。そこである日、船を砂浜にひきあげて、あちこち調べて見たら、どういうわけともなく、急に電気に打たれたように五体がしびれた。山伏をたのんでうらなって見ると、

「金にありつく」

という。それから暫く大漁がつづいたので、十郎兵衛は、いかにも山伏が言当ててくれたと思って喜んでいた。ある日のこと、沖に出て鰯網をおろして、さて碇を上げようとすると動かな

い。よく見ると大鐘がかかっている。仲間に手伝ってもらって引上げて見ると、津軽黒石の法眼寺という銘が見えたので、人を介して問合わせると、享保八年、江戸から津軽へ輸送の途、鹿島灘で沈んだものであることがわかり、水戸藩を経て津軽に送られた。

三

盛岡の南部家には、元禄十五年釜石浦で、やはり漁夫の網にかかりひきあげられた鐘があった。高さ一尺八寸の唐鐘で、東晋廃帝奕(えき)の太和元年丙寅の銘があった。わが国仁徳天皇の朝に当り、その海に沈んだ曰く因縁は詳かでない。

註　釈迦が霊鷲山で説法の時、これを聴問する人々に、遠近となく一度に告げ知らせるため鐘を鋳たと言われる。そしてそれは龍宮の風をかたどるもの、龍王が事あり諸魚を呼ぶには、鯨鯢に命じて蒲牢(ほろう)というものをうたしめた。その声が遠近にひびくので、諸魚がはせ集まった。蒲牢というのは、海中のケダモノで、頭は夜叉の如く、後のツリガネはこの形によったもので、龍頭というのは、実は蒲牢の頭とせられる。いずれにしても、鐘と水とは極めて親近な関係にある。

仲のよい山　わるい山

一

出羽の三山というのは、羽前の月山（がっさん）を主峰とする羽黒山、湯殿山をいい、羽黒山伏の修験道場として知られる。夏になると三山まいり、最上（もがみ）参りなど称し、白衣の登山者が遠近からあつまる。その装いがそのままに、死出の装束になる。この霊場を開かれたのが、崇峻天皇の御子蜂子（はちこ）皇子で、容顔がみにくいばかりか性質があらあらしく、蘇我馬子のために悪しざまに言われて、推古天皇のために、北海の浜に放たれることとなった。然るに皇子は仏門に帰し、聖徳太子について髪をそり、法名を弘海と名のられた。まさに北国に下向せんとするや、大鳥がとび来って、自ら羽黒神と名のり、皇子をみちびいて羽黒山にいたり、一山の興隆と神威の栄えとに力をつくしてもらった。弘海は藤の皮の衣を着、木の実を食とし、平素は能除一切苦という経文の文句を口にするばかりであったから、里俗には能除仙人と称して尊信した。ここでは月山を中心にして、羽黒山が表口、湯殿山が裏口、三山一体まこと仲よしであったが、羽黒山の山伏が特に盛んになると、裏口の湯殿山の山伏がこれに抗して不和になった。羽黒山には火石と水石とがあり、火石は夜、光を発して、海人の釣船をも照らし、水石は水を出し、百姓たちの耕作をたすける。

二

南部では岩手山の東、北上川をへだてて、南に早池峰山、北に姫神山の三山がそびえている。姫神山はその名の如く、美しい山容をした女性の山で、岩手山と早池峰山とは、これとあべこべに雄大な男性の山として知られる。そして男性の両山は、やさしく美しい姫神山を妻にめとろうとして、互にはり合い、互にきそうて不仲になってしまった。それでこの三山が、そろって晴れた姿を見せることがなくなり、どれかがきっと曇って雲にかくれる。つまり岩手山と早池峰山がはれてにらみ合っているときには、姫神山が姿をかくし、また姫神山が見え出すと、岩手山か早池峰山かのいずれかが、姿を隠して、争いを避けることも多いと言われる。

かくて結局、岩手山は姫神山を妻としたが、その容貌があまりにみにくいので、同棲をいやがり、俺の目のとどかない所に行けと言渡して、離別することになった。そしてその送り役をオクリセンという家来に申付け、もし首尾よく使命を果さない時は、お前の首はないものと思えとの厳命であった。姫は泣く泣くオクリセンをともにつれて出て行ったが、もとより去り難い心をこらえての歩みであるから、それ程遠くへ行く筈がない。翌朝目をさました岩手山は、わずかに北上川をへだてて東の方間近く、姫神山が悠然とそびえているのにびっくりした。そこで大いに怒って、口から盛んに火を吐き、岩をとばし砂をまき、ために山や谷にこだましてとどろき渡り、物すごい情景を呈した。オクリセンは恐ろしさに、岩手、姫神両山の間に立ちすくんだが、怒り狂う岩手山は、容赦もせずにその首を打落した。オクリセンの山の頂は、そのままに欠けてなくなり、その首は岩手山の麓に置かれて瘤になって残った。

註　早池峯山は、遠野郷では石神、六角牛と、三人の姉妹ということになっている。

山男とダイタラボウ

一　吾妻山の山男

陸奥と出羽との境にある吾妻山の奥に、大人という山男があり、山気の生ずるところと考えられた。その身長が一丈五、六尺もあって、木の葉を綴って身にまとい、物を言わず笑いもしなかった。時々村の人家にたずねて来たが、村人はこれを神のように敬い、酒食をそなえて大いに歓びむかえた。けれども大人は決して箸をつけず、いささかもこれを食べないで、悉く包んで山にもち帰った。時に村の子供たちが、大人にたわむれることがあっても、平然として相手にならず、怒って子供を害したりすることがなかった。神保申作の語るところとして、今斉諧という書にのせているこの話は、むしろ山男というものを伝えるのが本旨であろうが、また巨人であったこともたしかである。

磐城のあちこちに、巨人の足跡というものが数々分布し、概ね窪地（くぼち）、湿田などになっているが、それに共通する特殊な名称は聞かない。

二　百合若大臣

宮城県名取郡南長谷の竜谷山鷹硯（おうけん）寺は、鷹を葬むって、その菩提（ぼだい）のために建てたものである。異国に渡ろうとして玄海の島にある百合若大臣に対し、定めし文かく道具にも不自由を感ずるだろうと思いやり、その妻が百合若のかわいがっていた緑丸という鷹の羽に、硯を結びつけて送ろうとした。すると鷹ではあるが、さすがに重さに堪えかえて、おちて死し、石になって緑丸石とよばれ、そこにお寺が建てられた。栗原郡桜田にある鳥合神社（新山権現）も、この緑丸をまつり、平泉の藤原秀衡が創建したものと伝えられる。

ところが百合若はいやしいもので、大臣とは大人のこと、大力があって強弓をひき、石つぶてを投げて大多（だいた）とよばれ、後世大多ぽっちというのは百合若のこと、ぽっちとは石つぶてを指すと解せられる（紫の一本）。大太郎法師、大多良房（だいたらぼう）、巨霊などの文字をあてたのが、そういう大身の巨人である。

三　鹿狼山の手長明神

宮城県伊具郡と福島県相馬郡との境にある鹿狼（家老）山には、昔、神仙が住んでいて、老いた鹿と白い狼とを愛し、いつもこれをつれて山谷をさまよった。そしてすこぶる貝好きで、山の上に腰をかけては、その長い腕を東海にのばし、貝をとってたべては、そのカラを山すその辺に捨てた。それがいつしかつもりつもって、新地村などの貝塚となった。そこで里人は、この仙人を手長明神と称した。

四　駒が嶽の大太郎

岩手県和賀郡媒孫の馬峰寺は、坂上田村麻呂の乗馬をうずめたという伝えがある駒が嶽の馬頭観音の霊場で、昔は婦人の登ることが御法度（ごはっと）であった。嘉祥三年慈覚大師円仁がこの地に来り、登拝の折には、大太郎と大次郎という器量で大力のものをつれて、この山に登った。

五　八郎潟の八郎太郎

岩手山麓の松尾に生まれ、後に八郎潟の主となった八郎は、初めわが住む所をつくろうとして大力をしぼり、小山を背負うて鬼清水の辺におろし、そこに沼をつくろうとして、岩手山上の田村大明神にとがめられ、方々流浪したあげく、一旦は十和田湖におちついた。しかし南部の盛岡城下にある永福寺の南祖（宗）坊に追われて、またここにも居られなくなり、故郷に近い岩手山麓の雫石にさまようて来た。そして繋（つなぎ）の山と厨川（くりや）との間、狭い谷をせきとめようとして、大森（あるいは初めモッコ森に手をつけて叱られ、ついで七ツ森に手をつけたともいい、大森は七ツ森の主峰である）に、太い綱をうちかけ、背負って立とうとすると、またしても岩手山の明神様に見とがめられ、良民に禍する不届者なりとして、大小の岩石を投げつけられ、七日七夜の神戦となった。ここでも八郎は負けて、秋田の男鹿半島に走り八郎潟の主となった。大森は即ち負う森で、頂上附近の岩石は権現様の投げたもの、中段の凹地は背負わんとして綱うちかけた跡、更に前方の窪地は尻もちをついた跡とせられる。やはり巨人だったに違いない。

（別冊『みちのくの和尚たち』参照）

秋田ではこの八郎を、八郎太郎といい、十和田湖を追われて、比内（ひない）にうつったと伝える。そして山本郡と北秋田郡との境である鼠袋をせきとめ、比内一円に水をたたえて、ここにおちついた。しかし三十三丈の大蛇のこととて、比内の神々はこれが邪魔でならなかったから、奇計を設けて八郎太郎をよそに移すことを企てた。そして恩賀の方に広い所があるから、こんな身動きできないような狭い比内よりも、そちらにうつるがよいとすすめた。けれども何しろ三十三丈という蛇身がどうしてそこに移るかが問題であった。

比内の神々はよりより相談の結果、鼠袋の堰堤をきり、水を決して押流すがよい、水がかれて八郎太郎の隠れ家もなくなるから一挙両得だということになり、白鼠をよび集めて、堰堤に穴をあけさせることにした。然るにはからずも、鶴形、富根という村々の猫どもが総出で、白鼠との戦となり、三日三夜もつづいた。比内の神々にとっては、まさに一大事、猫どもに諭し、猫どものカラダには春、夏、秋、冬を通じて蚤（のみ）をつけないという約束をして、戦をやめさせた。この時、猫のつながれた所が、今の小繋で、もとネコツナギと言ったものだ。こうして白鼠の力で堤が崩れ、八郎太郎が押流されて、今の山本郡鹿渡の天瀬川の辺まで来ると、一軒の民家が見えた。もう日が暮れてしまったので、一夜の宿を乞うと、そこには老爺と老婆とが貧しいくらしをしていた。

八郎太郎は、一夜あけると、鶏鳴とともに、その民家が湖底に埋もれ、その湖が自分の居る所になることを知っているので、老爺、老婆にわけを話し、一しょに立退かせることにした。

ところが途中、老婆がオボケ（麻糸籠）を忘れたことに気づき、とりに戻った。鶏鳴、地がさけ岩が崩れて、大地変がはじまり、八郎潟がまさにできかける。間髪を容れない。老婆危しと見て、八郎太郎はポンと老婆を足でけった。老婆は芦崎まで蹴とばされて、一命が助かった。しかし老爺は三倉鼻の高地で、待てど待てど、後れた老婆が追いつかず、そのままそこにしゃがんで、夫権現宮として祭られた。老婆も爺さんと一しょになることができないで、芦崎に老婆御前宮として祭られた。芦崎、天瀬川の両部落では、今でも鶏を飼わない。鶏が鳴いたために夫婦別れをしたのを忌むわけである。

八郎太郎は巨身のまま、八郎潟に沈んだ。

六　鬼沢の大男

青森県中津軽郡裾野の村鬼沢の鬼神社は、今は高照姫命（たかてるひめ）、伊弉諾尊（いざなぎ）、大山祇命（おおやまずみ）を祭っているが、延暦三年に坂上田村麻呂が勧請したものと伝え、安政五年弘前の藩主津軽信順が、中風にかかってこれを祈り、よくなったという所から、中風の神さまとして知られ、遠近の参拝者が絶えない。いつのことかこの鬼沢に、弥十郎という木こりがあった。ある日、いつものように山の中にはいって行くと、ガサリ、ガサリと熊笹（くまざさ）をかきわけて、雲つくばかりの大男がやって来た。

「今日はおつきあいに一日遊んでくれ。」

思いもよらない大男の申出に、弥十郎は木をきろうともしないで、日が暮れるまで遊んで帰った。そして翌朝目をさまして見ると、いつの間に、誰がはこんで来たのか、家のまわりにどっさり薪が積みかさねられていた。それから弥十郎は、たびたびこの大男と山で遊んだが、親しくなるにつれて、大男は里にも姿を見せるようになった。そして若い衆と角力をとったり、気が向けば田を打ったり、畑を耕したりもした。

「端午に菖蒲をかざらず、節分に豆をまくのをやめだら、いつまでも鬼沢のヤクをよけてやるんだがなァ。」

そう言ってから大男は里に来なくなった。鬼沢では、今も節分に豆まきをせず、五月の節句が来ても、菖蒲の屋根ふきをしない。鬼の腰掛石、鬼の足跡はもとより、鬼の使った鍬も残っている。恐らくこの大男を鬼として祭ったのが、鬼神社のはじまりであろう。

十和田にも三九郎というマダの皮をはぐ山男がいたと言われている。

七　秋田の三吉

秋田の三吉は、雄勝郡稲庭に住んでいた。子供の時から長者の家に奉公し、よくまめまめしく働いた。だんだん年が長けたので、長者もこれを独り立ちさせ、世帯をもたせようとして、何か望みのものを分けてやろうということになつた。すると三吉は、

「前田の稲バセの稲一背負いだけ下さい」

と言った。長者は、あんまり欲がないのに内心はびっくりしながら、

「そんなら背負えるだけ、背負っていきな」

と、望み通りやることにした。

翌朝、長者が目をさまして見ると、何か山みたようなものが、そろそろ動いていた。そして前の千刈田の稲バセが、すっかりとりはらわれている。よく見ると、その稲をみんな集めて一背負いにして、三吉がウンチキ、ウンチキあるいていた。長者はびっくりしたけれど、一旦許したことなのでどうすることもできない。千刈田の稲をみなもって行かれてしまった。ただ二把だけ落していたので、そこを稲庭（二把）とよぶこととなった。

一説に三吉は、仙北郡角間（かくま）川の楢山平那左衛門の子で、生まれつき強暴であったともいう。そして、ある日樵夫（きこり）となって、佐之倉嶽で木をきっている間に、仲間と口論したあげくこれを打殺したため、家に帰ることができないようになって、そのまま鬼人となり、鶴寿丸三吉と名のったともいい、あるいは早く父母に別れて、姉と二人でくらしていたとも言われる。そして姉が嫁入ったけれど、その夫が酒乱で、たびたび酔った勢いで姉をしいたげ、ついにその指をかみきったから、三吉は怒って姉ムコの所におしかけ、争論の末にその生首（なまくび）を抜いてしまったので、里にいられなくなって佐之倉嶽にかくれたとも言っている。しかし父母の命日には、よく小男になって里に出て来た。ある時、鍛冶屋に鍬を注文したけれど、それがなみはずれて大きな鍬だったので、鍛冶屋はなかなかつくらなかった。そこで何度目かのさいそくに行った時、鍛冶屋がよその鍬ばかりつくっているので、それを四、五枚かさねて指でついて見たら、そこに穴があいたから、鍛冶屋はびっくりして、三吉の大鍬をこしらえた。三吉はこれで、仕事のおくれている家に、よく手伝いに来てくれた。

ある時、秋田城下に、日本一日の下開山の谷風梶之助というお角力さんが巡業して来た。谷風は仙台藩の出身、身長が六尺五寸、体重が四十八貫もあったというから、これもたしかに巨人であった。そして夜、平素信心している摩利支天さまが夢枕に立って、あすはかわったことがあるから、油を塗った身体で角力をとれと仰せられた。谷風はひきょうだと思ったけれど、油に浴して土俵にのぼった。するとどうだろう。子供みたいな小男が、とび入りで、谷風と角力をとりたいというのである。谷風はうけて立ったが、なかなか強い。あぶなく寄切られそうになった所を、土俵ぎわでうっちゃってやっと勝った。四つん這いになって「口惜しい」とたった一言いった小男が、実はこの三吉であった。そして用意して来ている青竹を、指でビシビシとつぶして見せたり、またその晩には、宿で風呂に入っている谷風を、風呂桶のまま片手でさし上げて、中の谷風をハラハラさせたりした。

あるいは相手になって角力をとったのは、谷風の弟子黒岩川右衛門という、南部藩は紫波郡赤沢の紫野の出身力士であったという説もある。黒岩は子供の時から大力で、一度に薪一棚(高さ長さ各六尺、幅三尺三寸)、米なら九駄片馬(三斗五升入の俵二つで一駄という)を背負った。角力は黒岩の勝になったが、三吉は残念だったので、花巻まで追いかけた。そして籾飯の食いくらをしたが、黒岩は一斗飯を食って、苦しみながら死んで行った。これから子孫末代、角力とりを出してくれるなというのが、黒岩の遺言であった。

あるいはまた角力とりは、南部生まれの鳥谷ガ崎で、秋田の土俵ではやはり三吉に勝って、南部に帰ることとなった。ところが負けた三吉は、何とかして鳥谷ガ崎に勝ちたいと思って、追いかけて来た。そして国見峠で追いつき、こっぱ打ちの勝負をしたいと申込んだ。鳥谷ガ崎はよろこんでこれを承諾し、その手を大きな石の上にさし出した。三吉は、勢いこめて、これを打砕かんばかりにコブシをにぎって打込んだが、鳥谷ガ崎に上手にひらりと手をかわされたため、力があまってその石を微塵の如く砕いてしまった。鳥谷ガ崎はよい気持で、峠の茶屋でしたたかに酒を呑み、馬にのって東に下った。そして仁左瀬長根にさしかかると、物蔭からおどり出た曲者（くせもの）のため、馬からひきずりおろされて、殺されてしまった。曲者は三吉であった。鳥谷ガ崎をまつった祠（ほこら）が、今も路傍に残っている。それからお角力衆が、日本一と名のり、秋田にのり込むことを、いやがるようになった。

　三吉は秋田郡の太平山（だいたら）に、三吉神社として祭られた。

八　森吉山の鬼

　秋田の三吉は、もと北秋田郡森吉山の巨人で、後に里に出て百姓になったとも言われる。この森吉山にはもと鬼が住んでいたが、気が荒くて時々人をとって食い、また死人の白衣や白頭巾などを奪い、木の枝にかけて置いたので、山の東南に白頭巾沢という地名を残した。こうして麓の村々が困っている所へ、諸国遍歴の権現さまがやって来られた。そして村の百姓たちの願いをきき、鬼に退去をせまった。鬼はもとより不同意である。そこで権現さまは、夜中に山の頂上に大きな石を運んで来て、夜鶏の鳴く前に、三つかさねて壇をつくらばよし、それができなかったら、森吉山にいてはならないことにした。その上権現さまは、アマノジャクに頼み、最後の石一つを積む前に、鶏のまね声をしてもらうことにした。

　鬼は一生けんめい、荒瀬川の大石をはこんで、いよいよ三つ目に手をかけようとした。丁度その時、コケコッコウと二声、三声、鶏が鳴いた。鬼は残念がって、ぐずぐずしているので、権現さまはこれを追い払った。逃げ行く途中、鬼は一つ腰というところで、山ウドですべってころんだ。ウドのカラで目をついて、鬼は片目になった。それを見て権現様さまはかわいそうに思い、一つ腰にとどまることを許した。森吉山にのぼるものが、七日の間ウドを食わぬのもそのためである。

　この鬼が三吉になったかどうかは、聞きもらした。

九　嶽の湯の大男

　津軽の岩木山の嶽の湯にも、大きな男がいた。髪をかぶって、背中が広大で、マダの皮をはぐのが仕事であった。非凡な強力で、よく里人の手伝いをした。迷子を探したり、大木を運んだり、寺社の建立をたすけたりした。時々嶽の湯に入湯に来て、大きな背中を他の浴客に見られたり、あるいは沸き口を掌でふさいでおどろかれたりした。

十　大男貞任

　安倍貞任は戦上手で、八幡太郎義家もあちこちで苦戦した。桃生郡太田村の反日壇（ひかえし）では、戦未だ互角ではや暮れようとする日を、義家が扇をもってさしまねいた。すると忽ち日がかえって来て、やっと貞任を敗った。魔日塚ともいい、方四間ばかりの塚である。貞任が衣川の館に破れてから、気仙郡上有住の幌脱山に陣し、追撃して東峰山に至った義家と対戦した。その古戦場から掘出される貞任の鏃というものが、実は大きな鋤か鍬の先ほどもあるという。厨川の柵が陥って捕えられた貞任は、身長六尺有余、腰の周り七尺四寸、大楯にのせて六人でかつぎ、その身は七つにきり刻まれて、あちこちに葬むられたと伝えるから、やはり巨人視せられたと思われる。

十一　東根太郎

岩手県紫波郡水分の東根太郎も、山住みの大男であった。そして北上川をせきとめようとして、東根山を背負い行くうちに、途中で犬に吠えられて、捨て去ったのが、今の彦部の犬吠森であると言われる。

同郡佐比内では、八郎太郎が小山の如き土地を背負い来り、やはり横森の狭い所をせきとめて湖水をつくり、その住家とせんとし、南宗（祖）坊に妨げられ、一まず十和田に逃去ったと伝える。鴨目田の岡はその名残という。

橘南谿は、寛政の頃奥州に遊び、今の宮古市附近で、大風雨のあった翌日に、長さ五、六尺ばかりの人の足が流れついたのを実見したことが、東遊記に見えている。魚類かとあやしみ注意したけれど、肉はただれながら、指は未だ全くて、人の足に相違なかったとして、奥州には氏神の神体、古塚などから発掘せられた頭骨などに、格別大きい人骨があることを挙げ、西国北国辺では見聞したことがないと、みちのくの巨人を裏書している。

十二　羽黒山のデェデェ坊

山形県の羽黒山に雪が降ると、その上をとびとびに、大きな足跡のようなものがつく。これはデェデェ坊という、一本足の巨人が通った跡だと言われる。

十三　力士の大男

角力道で、初代横綱を免許せられた谷風梶之助は、今の仙台市国分寺薬師如来の申し子で、宮城郡霞目の村に生まれた。はじめ秀の山、後に伊達が関森右衛門、谷風梶之助は、関脇となってからの名で、寛政元年に横綱となった。近代の名力士で、身長六尺五寸、体重四十八貫と伝えるが、ダイタラ坊には及ばないけれど、やはり大男で、寛政七年正月、悪性の流感にかかり、四十六歳でなくなった。

さらに関の戸億右衛門という関取は、岩手県西磐井郡永井の村横塚の産で、本名は熊谷喜七と称した。幼少の時から角力がすきで、伊勢の海五太夫の弟子となった。その身長が六尺八寸、肩幅が三尺、体重が四十八貫だったというから、初代谷風よりも大男だったわけである。当時、出水川という関取があって、身長実に八尺五寸、まこと怪力無双で、その相手になるものがなかったが、億右衛門はこれと取組み、力争して土俵外になげ出した。これから億右衛門の名大いにあがり、ついに日の下開山、角力総司となった。日の下開山とは、武芸や角力道で、天下無敵のものに与える称で、日の下は天下、開山ははじまりの意で、昔から現在まで、無類のすぐれたもののことである。されば仙台の伊達侯が召して禄を与え、御かかえ力士としたが、江戸幕府の徳川家治将軍から、御褒美にもらったという法橋琢舟の筆、観涅槃図の一軸が、出身地である永井の瑞昌寺に蔵められている。天明二年四月、四十八歳でなくなった。

註1　上古に巨人の話があったことは、常陸風土記にも伝えられ、常陸の大串（大櫛）の貝塚は、その岡に腰をかけ、東海の貝をとって食い、カラを捨てた跡で、その足跡が三十余歩、尿の穴が二十余歩で、後者が西隣東前（とうまえ）にある池であるという。村人はこの巨人をダイタラボウ（大多房）と称した。

註2　手長というのは、接待の際、客席と台所との間を往来して、食膳、料理などを運ぶ仲つぎ役のことで、本来は、巨人の意味ではない。しかし手長明神は、やはりダイタラボウであったにちがいない。江戸では大多、代田などとして早く注意せられたが、ミチノクではエゾ穴、地獄穴などいう窪地、つまりタテ穴跡、池の跡などをダイダラノといい、蓮台野、太平野、台太郎坊の文字を当てた。水沢市佐倉川、盛岡市本宮などにその例がある。もっとも蓮台野については、太鼓のデン、ドウラのダラで、葬場のこととする解もあるが、それ等が必ずしも仙人と結びつくわけではない。しかし仙人山、仙人祠というものがあちこちにあり、紫波郡赤沢の正音寺には、現実にダイタ坊という僧もあった。

註3　ダイタラボウで思い合わされるのは、ギリシャのデダラ（doodala）の祭である。ゼウスと仲たがいをして山にかくれた女神ヘラをなだめるため、樫の木の幹で女の人形をつくり、これに衣裳をきせて結婚式の準備と見せかけ、神々は笛をならし歌を合唱して結婚式のまねをすると、ヘラはこれを聞き、夫神ゼウスが再婚すると思いこみ、嫉妬に燃えて山からかけ下り、そのつくりごとであることがわかって、このデダラという木の人形に一礼して、ゼウスと和解するというのである。ギリシャの説話が、既に今昔物語に影響が認められたり、また百合若の物語がギリシャ種であろうと考えられたりしても、デダラとダイダラとは関係がなさそうである。

またギリシャの神話に、エトナ火山で鍛冶をするキクロプスという巨人の一団が、後にアポロに憎まれて皆殺しにされた話がある。一九三七年、米国シカゴ大学調査団が、バグダードの東北テル＝アシュミルで、バビロンの武士が幅広の短刀で、半裸体の一目の女神の腹部をつき刺す浮彫を発掘し、フランクフォルト教授は、五千年前のもので、キクロプスの淵源と説いた。ユリシウズのポリフェマス、アラビアンナイトのシンドバットなどは、ギリシャ神話の影響で、百合若伝説はユリシウズの翻案とも考えられている。

朝鮮にも一目の人食いの巨人があり、ウエートンペキ（片目鬼）と称せられるが、わが国の鍛冶神は、天目一箇、アマノマヒトツと伝えられるけれど、巨人の伝がない。むしろ龍神、河童の類は、鉄を忌むものとせられる。

註4　悪路王、高丸、大武丸などいう奥州のエゾの頭首は、伊勢の鈴鹿や駿河の清見関あたりまで出没したと伝えられているが、岩手県の各地には、なおいろいろなエゾの頭首がいて、退治せられた物語がある。東磐井郡の渋民には、曾皆（そかい）という夷賊が、曾慶部落の岩穴に潜伏して良民を苦しめ、坂上田村麻呂これを征伐降伏せしめ、熊野神社を勧請して、国土の平安を祈った。同郡折壁にも、高鬼丸、荒鬼丸、黒鬼丸、魔蝦丸などの賊首が、南窟や鬼首山八鬼沢に居り、坂上田村麻呂、大伴弟麻呂等がこれを退治して、熊野権現の社を建てて祭った。更に気仙郡では猪川に龍福という鬼が居り、坂上田村麻呂これを討ち、首を埋めてその上に堂を建て、観音を安置し、唐丹の常龍という賊も、田村麻呂に討たれ、それを埋めた所に十一面観音を安置し、常龍山光学寺が建てられた。越喜来村にも田村麻呂に追われて舟で逃げる賊のハギに矢があたった所を脛崎（綾里村）、首にあたった所を首崎などいい、鬼嶺、戸骨崎、鬼沢などもそれに関係ある地名と伝えられる。また江刺郡に入ると、国見山に岩盤石という悪徒が居り、坂上田村麻呂これを討伐して、その鎮護のために毘沙門天を安置した。また達谷の悪路王の子人首丸が脱走して江刺に入り、田村麻呂これを追跡して藤里横瀬に拠りしを陥れ、その地に愛宕社を勧請し、更に人首の大森山に追いつめてこれを討ちとめ、そこに屍を埋めて、聖観音を安置し、大森観音と称せられた。後数度の野火に遭うて荒れ、像は焼けて人首川に流され、下流玉里で拾い上げられて、同じ大森観音堂としてまつられている。これ等のうちには、後世発掘せられたものもあり、大きい頭骨などの出土したことが伝えられているものがあって、ダイダラ法師ではなくても、やはり巨人か怪力の持主かであったように思われている。

宮城県本吉郡新月では、養老二年藤原押勝に退治せられた手長男、手長女という夫婦の夷首、秋田県仙北郡西明寺村には坂上田村麻呂に退治せられた大石丸がいたことを伝えている。

おぼう力

　秋田県仙北郡神代（こうじろ）の天王寺には、昔怪力の和尚がいた。ところがその頃、この村に宇治川という角力とりがあり、何とぞして大力を得たいものと、天王寺の墓地あたりをさまようことが多かった。ある夜のこと、宇治川は墓場で若い女に出会って、天王寺の墓地あたりを結う間抱いて居ってくれと、一小児を預けられた。それは腕が抜けるほど、とても重い子供で、さすがの角力とりも汗がだらだらと流れた。やっとこらえて子供を返したので、小川に手拭をひたし、これをしぼって汗を拭おうとすると、手拭がぷっつりと切れてしまった。着物の袖で拭うて、それをしぼると、またぷっつり切れた。自分でもふしぎに思って、杉の立木をゆすぶると、倒れんばかりにゆらゆら動いた。驚くほど大力がついた、「おぼう力が授かった」と喜んで、寺の庭石をとり上げると、やすやすと持ち上げられた。投げて見ると田の中でボチャンと音がした。

　天王寺の和尚が、翌朝目がさめて見ると、庭石が投げられていたので、それをかかえて元の庭にもどして置いた。すると宇治川はまた寺の石燈籠をとって、田の中に投げた。そして今度は和尚がどうするかと、影にかくれて見ていた。すると和尚が、

「こんなイタズラのできるのは、宇治川ぐらいのものじゃろう。百姓たちにできはしまい」

と言いながら、掌にのせて元にかえした。宇治川もびっくりして、イタズラはやめた。

角館の阿弥陀山と神明山との境のクビレの墓地にも、同じような話がある。清兵衛という角力とりが、やはり若い女から、赤子を抱いていてくれとたのまれた。受取って見ると非常に重い。あまり重いのに堪えられずに、手放してしまったら、清兵衛も一しょに命をとられて「おぼう力」が授からなかった。

茨木童子

福島県石川郡浅川の村畑田の民家に伝わる話である。昔、この家では唖娘を雇って、いろいろ仕事を手伝わせていたが、娘は口こそきけなかったけれど、とてもきりょうよしで、それにまめやかに仕事をやってのけたから、それとなく言いよる村の若者も少くなかった。そしていつしかにくからず思う若者ができて、身体の調子もかわって来たけれど、しかし誰にうちあけて相談する術もなかった。

娘は朝早くこの家の人々とともに、多くの馬をひいて、隣村の白石山まで、まぐさ刈りに出かけるのが、一日の仕事のはじまりであった。まだ明けやらぬ村々の鶏の声をききながら、谷をわたり峠を越え、遠い山道をあるいて、もやに包まれ露をふんで、馬の背一ぱいの草を刈って帰るのだから、なまやさしいことではない。従ってただならぬ身の唖娘にとって、仕事はだんだんつらくなった。それでも召使われるものとして、勝手に休むわけには行かない。やはり毎日々々、肩で呼吸をしながら、重い足をひきずって山に出かけた。

いよいよ月満ちて、ある日のこと、娘は山の草むらで産気づき、玉のような男の子を生み落した。誰にたのんで手当のしようもない。むしろかくさねばならないことであったので、産湯（うぶゆ）のかわりに近くにわき出ている泉で洗い上げた。この泉のあるところを、里の人々が後世アッパ沢と呼んだが、アッパとは唖の意である。こうして洗い上げては見たものの、わが居る家につれて帰るわけには行かない。萱を結んで庵にかえ、そこに子供を置いて、朝な朝な草刈りに通い来っては乳を授けて、母としてのやる瀬がない心を紛らした。それにもかかわらず、男の子はむくむくと太って生長した。力も強かった。母の腕をかきむしったこともあれば、あぶなく乳房をかみきったこともある。図体が大きくなる。形相も恐ろしくなって、世の常の人間とも思われなくなった。

　唖娘はうす気味がわるくなって、己が子ながらこれを捨ててかえりみなかった。童子は致方なく、木の実、草の根をたべて成人した。とりわけ野茨（のいばら）の実がすきでたくさんたべたので、その顔が野茨の実のような赤い色になり、誰言うとなく、これを茨木童子と呼ぶこととなった。そう言われると童子もふしぎに思って、ある日自分の姿を水鏡にうつして見て、われながら驚き、里白石の淵にとび込んだ。里人はここを鬼淵と称した。けれどもその鬼淵が、だんだん浅くなって来るので、童子はまた山に転じたが、そこで十六角が生えた。十六沢という名で今に伝えられている。

　茨木童子は十六沢も狭くなったので、また新しい棲家（すみか）を求めて、あちこちとさまよい、最後におちついたのが紀伊の高野山であった。童子はおちつき工合がよいままに、ここに山小屋を建てて住んでいたが、ある日のこと、乞食のような見すぼらしい一人の雲水がやって来た。

「ほんの少しでよいから、寺を建てるだけ、この山のどこか貸していただけまいか。」

身の程もわきまえないと思われる相談である。童子には気に入りの山であるから、

「ここはわたしの住居（すまい）、寺などを建ててもらっては、それだけ脚をのばすところがせまくなるというものじゃ」

とこれをことわった。

「何の、何の、そんな心配は御無用です。たったこの法衣の袖でかくれるぐらいあれば事足りますよ。」

雲水の言いぐさはまことに無雑作（むぞうさ）である。童子は「ほんの少し」と言うのによろめいた。そして雲水の請うままに、これを許すと、高野の一山がその墨染の袖につつみ隠されてしまった。

雲水は弘法大師であった。茨木童子はこうして行く所に困って、丹波の大江山に移った。そして越後から来た酒呑童子と一しょになって、花の都までもあらしまわり、源頼光以下の四天王に退治せられた。しかしそれがよほど無念であったと見え、執念深くいつまでも人間に仇しようとて、その血は蚊となり、その筋は蛭（ひる）となつて、未来永劫（えいごう）まで血を吸うこととなり、殊に百姓たちを苦しめることとなった。

ひょっとことこけし

一

昔、あるところに爺と婆とがあった。爺は山に柴きりに行って、大きな穴コ一つめっけた。こんな穴コに悪いものがいるものだと思って、口ばた（端）をふたい（塞）でしまおうと思った。そしてうざねはいて（骨折って）きった柴を一把、穴コの口ばたに入れて見た。すると柴は穴コのふたにならずに、するする穴コの中さはいって見えなくなった。やり出したことなので、また一把押込んで見た。やっぱりするするすると入ってしまう。もう一把、もう一把と、夢中でくり返すうちに、ひと春かかってきりためた柴を、みんな穴コに押込んでいた。

「しまった」と気がついた時、穴この中から美しいお姫さまがでて来た。

「柴を沢山にいただいて、ほんとに有難うございました。それで爺さまに御苦労分、一ぱい上げだいから、おらえ（家）さあェんでけらしェ（下さい）。」

そう言って、袖をひっぱらんばかりにすすめた。爺もわるい気がしないので、後について穴コさ入って見ると、立派な御殿のような家があった。そして爺が今しがた押込んだ柴が、門の内側にきちんと積みかさねてあった。お姫さまは家の中までつれて行って、爺に座敷にあがれというので、山きり姿の爺は、おしょうしい（恥かしい）と思ったけれど、テカテカ光る立派な座敷にとおった。

座敷には福の神さまみたいな、白髪の翁がいた。そしてやはり柴をもらった礼を述べて、

「何も珍しいごちそうがないけれど、御夕飯を召上ってください」

という。お酒、お肴、米の飯と、爺はめったにたべたこともない御ちそうを、いろいろといただいた。そして婆が待っているから帰ろうと思っておいとまを告げた。

「何もかにもうんと（沢山）ごッつォー（ごちそう）になりんした。どうも、どうも。」

なかなかあらたまって、十分な挨拶もできなかったが、これをおみやげにつれて帰るようにと言われたのが、めっちゃこい（小さい）、みぐさい（醜い）一人のワラシ（童）であった。あんまりほしいものとも思えなかったが、ぜひくれるからつれて行けと言われるので、だまって家につれ帰った。このワラシは、爺の家に来てから、爐ばたで火にあたりながら、毎日へそばかりもじゃくって（いじくって）、大きくもならず、りっぱにもならなかった。

ある日のこと、爺は火箸のさきで、ワラシをちょいとついて見た。するとそのへそから金の小粒が出た。それから一日に三度ずつ出て、爺の家はやがて金もちになった。ところが婆は欲ばりで、もっと沢山の金を出したいと思って、爺の留守を見はからい、火箸をもってワラシのへそを、うんと力一ぱいついた。すると金が出ないでワラシが死んでしまった。

爺は外から帰って来て、ことけェ（困った）だことになったと、ひどく悲しんだ。ある晩のこと、夢に

死んだワラシが出て来て、

「泣くな爺さま、おれのつらに似た面コをつくって、毎日よく目につくカマド前の柱さ、かけて置きもされ。そしたらシンショ（家産）がよくなるがら（申）」

と教えてくれた。このワラシの名前は、ヒョウトク、ショウトク、ヒョットコなどとよばれた。

註　みちのくの殊に北上山地の村々では、今日でも醜いヒョウトクの面を木や土でつくり、カマド前の釜男（かまおとこ）という柱にかけて置き、家運の栄えを守ってくれると信じている。所によっては、これを火男（ひおとこ）、カマ仏と称する。ヒョウトクは火男の転で、再転してウントクとも称しているが、更にこれをヨケナイというのは、醜、不恰好さに於て、他にあまり類例がない、余計にはないという方言をあらわすものであろう。

二

今なら温泉や遊覧地に行けば、どこでもミヤゲものに売っているコケシが、もとは岩代（福島県）から南になかったものという。しかしこれをみちのくでつくりはじめたのは、惟喬親王（これたか）に従って東下した木地挽き（きじび）であった。その木地挽きが、蒲生氏郷（がもううじさと）につれられて、近江から南会津にうつって来て、余材を用いて小さい童形をつくった。それが芥子（けし）粒のような小坊主だというので、コケシボッコ（小芥子坊っ子）と名づけた。あるいは魔よけの除子（よけし）と言ったのを、小坊主だからコケシと言ったともいう。このコケシの首がまわるようにして、廻せば子供の泣き声のような音を発するつくりにしたのが、宮城県の鳴子（なるこ）である。それは判官義経が陸奥に下向の時、出羽から越える亀割峠にさしかかると、奥方がにわかに産気づいて亀若丸を生みおとした。

けれどもどうしたことか、産声をあげない。そこでたずさえて鳴子まで進むと、そこではじめてオギャアと泣き出したから、それで鳴子と称することになった。そういう土地柄であるだけに、コケシのつくり方が伝わって来ると、ここで首を廻して、子供の泣き声を出すものに改造したと言われる。そしてだんだんもったいがついて、定義（じょうぎ）の阿弥陀堂のコケシは、これを借りて来てまつると子が授かると称せられ、また死人があるときは、友引きをせぬように、コケシを一しょに葬むることも行われた。

註　源義経に四歳の一女子があり、平泉高館に死するにさきだち、自らの手にかけて殺したことは吾妻鏡に伝えるところであるが、みちのくには亀若、一に桜木丸という男の子があったことを伝えている。山形県東村山郡出羽村の吉祥院は、天平九年聖武天皇の勅願により、行基菩薩の創建とせらるる天台宗の古寺で、最上三十三所第一番の札所、その境内にある千本桜は桜木丸がこの寺の采穎阿闍梨に預けられた時の寄進とせられ、なお寺には藤原秀衡の建立した日輪月輪古碑というものもある。

トノサマの評判

盛岡に城をかまえた南部侯の領地は、

三日月のまるくなるまで南部領

といわれた程で、今の岩手県の北半分から青森県の東半にわたり、津軽海峡まで達した。しかしおおむね山地のすずしい所なので、田を開いても凶作に見舞われ、焼畑（あらき）を耕したり牧馬を養ったり、百姓たちのあげる煙はかぼそいものであった。殊に北の方でありながら、米のよくとれる津軽平野は、もと南部侯の領地であったのに、そむいて自立したというので、そのトノサマの津軽侯とはいつも仲がわるくて、にらみ合いっこであった。また南の方仙台の伊達侯とは、領地の境をきめるのに、互にお城からあるいて、トノサマ同士顔を合わせた所を境にしようと約束した。南部のトノサマは牛にのって出かけたが、仙台の方からは馬で出かけた。それで二人が顔を合わせたのが、今の岩手県和賀川近くであった。南部の方では、もっと南の胆沢川までとれるのだったのに、仙台はずるいと言ってうらんだ。仙台の方では南部がのろまだから、和賀、稗貫までとれるのを鬼柳村まで譲ったのだと言う。

南部さま　弓矢にまけて
牛にのる
牛も牛　花鹿毛（鼻かけ）牛に
おのりやる

旧仙台領で、田草とりや麦打ちにうたわれるこの歌は、実はそれをからかった民謡だと言われる。こうしたわけで南部領には米産地が少かったから、トノサマの石高も、領地の広い割合には少かった。仙台の六十二万石、津軽の十万石にくらべ、南部は二十万石に過ぎないので、凶作が来るとたくさんに飢死するものを出し、百姓たちは乏しい生活にあえぎ疲れて、実に度かさなる百姓一揆を起し、打ちこわしの騒ぎを演じた。天保七年には和賀・稗貫両郡の百姓一揆が、嘉永六年には閉伊地方の百姓一揆が、伊達領民になりたいと、大挙脱藩越境したこともあった。

和賀郡の沢内地方は、秋田の横手に近い高原で、南部領のうちでも、春がおそく来て冬が早くおとずれる冷涼なところである。けれども山の間に入りこんで、どこからも見えないので、南部侯はここに田を開かせて、それを幕府にはかくしたホマチ田とし、トノサマだけでこっそり年貢をとる所としていた。けれどもこういう所で、米がたくさんとれる筈がない。三年に一度ぐらいは、きっと不作になる。年貢が納められないのに、地頭、代官は、遠慮なく百姓たちを責め立てた。沢内甚句に、

沢内三千石　お米の出どこ

マスではからねェで　みではかる

という歌がある。一見、実にゆたかな米産に恵まれているようだが、実は米ではなくてオヨネという女性をうたった悲歌である。米がとれない沢内に、三千石というものを夫々の小高に割付けられ、どうしても年貢を納め得ない一家を見殺しができないで、オヨネは身を売ってそれを納めるという、忍従の一くさりを美化したものとせられている。

一説にこれは沢内生まれの美女お久米のことで、山伏峠を越えて北の方の岩手郡雫石村に、北畠顕信が潜伏した時のこと、所望されて顕信にかしずき、野菊とよばれることとなった。しかし野菊は、父恋し、母恋し、故郷恋しと、城の窓から沢内の空ばかりながめていたから、顕信これをあわれみ、三千石の年貢を免除したとも伝えられる。野菊の墓や井戸など今も存し、この井戸水で化粧すると美人になるという。雫石アネコとよばれる娘たちに、美人が多いのもその故であろう。

あるいは野菊は雫石の殿様に見そめられ、その奥方にあがったが、殿の御前でおならをしたのをとがめられ、お暇が出て井戸の側に住んでいたとも言われる。そして何年かたって、ある日、殿様が鷹狩に出た折、雫石の路上でふしぎな童子に出くわした。

「金のなるふくべの種、金のなるふくべの種。」

そうふれ声をして町を歩いている。殿様はふしぎに思って、

「本当に黄金がなるのか」

とたずねた。童子は、

「なりますとも。だが屁をひらない人が蒔かねばダメです」
と答える。殿様は屁をひらない人が居るかと言うと、童子はそんなら私の母が、なぜお暇が出たのかと反問したので、殿様は自分の子であることをさとり、母もろとも再び御城に引取った。

雫石は名所どこ　野菊の花は二度開く。

今でも雫石の祝歌として、こう歌われる。

また鹿角（かづの）は今は秋田県になったが、昔は南部領で、金山なり銅山なりが開かれ、トノサマの大事なドル箱であった。白根金山からどっさり金がとれたのが慶長年間、今も盛岡で歌われるカラメ節、それにつれておどられる金山踊りは、これをよろこんで金山奉行の北十左衛門が、歌作して踊らせたものという。

　田舎なれども南部の国は
西も東も金の山
からめてからめてからめた黄金は
南部の花だよどんどと吹出せ。

金のべこ（牛）こに錦の手綱
おらもひきたいひかせたい
からめてからめてしっかりからめて
握った手綱をうっかり放すな。

からめるとは選鉱のことで、北十左衛門は後にトノサマと不和になり、数頭の牛に金をずっしり積んで、脱走して大阪城に赴いた。金の産出もだんだん少くなって、南部侯の勝手元も不如意になった。一体に金山が衰えて来ると、そこに金のベコ（牛）が見つかって、それを引出そうとして失敗し、それから金が出なくなったと言われたもので、ベコ（牛）はよくよく南部にはたたったものである。

こうして藩政がみだれ、百姓達に重税がかかるようになると、次第に深刻な批判の目が育って来る。南部藩では、寛政七年五月十日、新藩主南部利敬が三十六世として入国すると、七月、次のような落書が出た（篤焉家訓巻六）。

先々乱樽　礼儀を直鯛
日々すたれ樽　武道を磨鯛
近年長シ樽　奢を止鯛
殿中さび樽　式法を直鯛
年々取上樽　寸志金を止鯛
下の詰リ樽　様子を告鯛
御入部被遊樽　印有鯛
盗人に似樽　役人を押鯛
恥を知樽　役人を附鯛

この落書はその体裁から見て、百姓の手に成ったものではなくて、恐らく時弊をあらためようとする士人の書いたものであろう。しかし樽と鯛というめでたいものに事よせて、現状（樽）と希望（鯛）と、巧みに世相をあらわしているから、弾圧や悪政になやむ貧しい百姓たちの世論、要望そのものをズバリと言いあてたものであった。

また安政六年、仙台藩では次のような落書があったらしく、黒石寺文書に写が見える。

此度蝦夷地御拝領御祝儀鯛　奉二献上一

目　録

一　田村伊予ニ吟味止させ鯛
一　片倉白石を横座ニ直し鯛
一　遠藤大蔵を再役しさせ鯛
一　後藤孫や小梁川出雲ニ真綿を費させ鯛
一　佐々豊前を本気ニしさせ鯛
一　大町因幡に骨をおらせ鯛
一　福原縫殿に退役しさせ鯛
一　芝田対馬に欲を離させ鯛
一　柴田外気に気付を呑ませ鯛
一　秀三郎氏家を御側に置せ鯛
一　亘理伯耆に年をとらせ鯛
一　大町勘解由を旗奉行しさせ鯛

一　中宗三に師匠をあって鯛
一　要人が小刀かんなにしさせ鯛
一　三好監物に奉書をあつけ鯛
一　白石直衛蝦夷地の備を扱せ鯛
一　多利之丞中地を在郷に追下し鯛
一　玉虫勇蔵に財用を預け鯛
一　黒亀を評定に備鯛
一　日のやを早々追払鯛
一　御国を富貴にして見鯛　　昼夜　夢作

この年九月、仙台藩は江戸幕府から、蝦夷地シラオイ領からニシベツ境まで、クナシリ、エトロフを所領とすべき命をうけた。藩政の更張一新を希望する民の声をあらわすとともに、もう南千島の帰属問題など、今更むし返す必要もなく、ちゃんと仙台藩領にきまっていたのである。

『武蔵探』という江戸の巷説を書いた写本に、次のような江戸の落書を記録している。年代は詳かでない。

此節江戸落書

一に市人乍恐申上る、二に似合ぬはばかりなれど、三に三代相恩の御ひざの下の町人共、四に仕合あしく、扨々迷惑仕、五ニ御了簡に下かし、六に六度の火事に困窮仕、七に質を置漸

今日をおくり、八に八木(米)高直にて、九にくるしみたへがたく、十に住所にはなるる計に御座候、御慈悲を奉願上候

右落書に裏書を以御上より御返事あるよし

十々申上る段、九せことに思召れ候、八木買置致し、七を取り、六里な商売致し候事、五はっとに思召候、四ばり候て急度御詮議可レ被レ遊候へ共、三代さうおんの町人とも、二度と申上るな、一度は御憐愍を以、御赦免被レ遊也

一から十まて急度可二相守一也、仍而如レ件

年号月日　　奉行

十三塚

十三塚は全国的に分布している塚の名で、別に十三本塚、十三坊塚と称するもあり、あるいは塚がなくて、単に地名として残るものもある。そして福島県白河市の十三原の十三塚の如きは、天正年間の戦に討死した白河武士を埋めたものとせられ、宮城県名取郡手倉田の箱崎山にあるものは、十三人の聖僧を埋めたものと伝えられる。しかしみちのくのここかしこに築き成された十三塚には、真夏の雨ふりつづきや、冷涼さから来る不作、ケカチのために、むなしく命を失った百姓衆のなきがらを埋め、千人塚、十三塚など呼んだものもないではなかった。

岩手県金ガ崎町三(み)カ尻の十三塚は、南北二町余の間に、一直線にならぶ十三の塚で、延暦年中、坂上田村麻呂がこの地の夷賊を降し、その武器類を収めて、これを十三の塚に埋めたという伝えもあれど、実は宝暦年間、うちつづくケカチのため、飢死した人々を埋めたというのがほんとうらしい。そしてはじめ十三仏になぞらえ、十三仏塚と称したが、だんだん荒れて来たので、寛政の頃、念仏師三郎兵衛というものが、これを修めて各塚の上に杉一本ずつを植え、それから十三本塚とよばれることになった。

宝暦五年の不作では、南部領に死者男三万九百九十三人、女一万八千六百一人、合計四万九千五百九十四人を出し、一家死滅逃散して空家になったものが、七千四十三軒もあった（篤焉家訓　巻十二）。仙台藩でも、四月まで雪ふり、六月になっても寒気が冬のようで、綿入を着て田植をした程で、六十二万石の表高のうち、五十四万石余は不熟と、江戸の幕府に報告している（東藩史稿　増子氏永代留）。米を食う人は田を耕す人でなく、蚕を養う人は絹を着ることができなかった昔、こういう不熟、ケカチのために、最も困ったのは百姓衆である。粟、稗などの雑穀は、ふだんにも用いなければ、一年の食いつなぎができなかったから、ゆとりもないし、しかも同じく減収となる。糠はもとより、ワラビ、葛の根から、いろいろな山菜、ワラ餅、松の皮餅も工夫した。犬や鶏が空しいというのは、戦争掠奪の跡を形容したことであるが、ケカチには馬や牛も食われる。今日からは想像もできないことであるが、親は子を捨て、子は親を捨て、屍の肉を食い、はては生きている人間を殺し、その肉をねらうことさえ行われ、うかつに外出もできなかった。しかしされればとて家にとどまれば、食物にありつくこともできなかったから、やせ衰えて足元が弱ったのを杖にすがり、頭の髪がぬけ、色が青黒くなった顔ははれ、歯があらわれた餓鬼のような形相で、山村から城下、南部領から仙台、秋田へと、少しでも救いの手がのばされそうな地方を目ざして、さまよいあるくのである。それが路上で疲れ果て、やみほうけて命を終るので、どこの誰とも知れぬ屍が、路傍に累々として収める人の手もない。全くこの世ながらの地獄がくりひろげられたもので、天明三年以後は、飢民が徒党を組んで、富商や豪農などを襲い、その宅に火をつけたり、金銀米穀を奪いとる打毀（うちこわ）し、米騒動さえ蜂起することとなった。みちのくの百姓たちに思いを寄せて、不作、ケカチを語らないのは片手落ちである。しかしまたそれかと言って、これを事細かに述べることは、あまりに悲しい、浅ましい物語にみちみちている。

十三塚がすべてケカチの死者を埋めたわけではあるまい。岩手県江刺郡の玉里の如き、もとの一つの村のうちに、馬馳（まはせ）、土手の内の後、次丸一本杉前など、三カ所にまでも十三塚をもっているからである。しかし飢渇のための死者を弔う供養塔が、少からず各地に建てられている事実とともに、とにかくに悲しい歴史を物語るもので、必ずしもみちのくの人の宗教心があついことを示すものではない。

逃げ口上

話をせがまれて、忙しかったり、種切れで困る時、蛇が穴から出て来る長い話もするけれど、またこんなことを言ってごまかす。一種の逃げ口上である。

むかしむぐれで
はなしはじけだどさ　ドンドハライ
むがし無ン尻こきて
はなしハンテンコきたとや（岩手県）
むがしむじけて漏り屋さ行った
はなし放れて八兵衛家さ行った

むがしむぐれて向げエ山さ行った
謎流れて長野さ行った
話放れて花園さ行った
　トンピンパラリノプウ

（秋田県）

あらくろ

あらくろ　とんびくろ
銭もカネも飛んでこう
銭コもちのトン（殿）ノかな
かねもちのトンノかな
牛コも馬コもぞろめく
ソバの香（か）アもホンガホガ
豆の香アもホンガホガ

ナマコ殿のお通りだ
モンモラ（もぐら）モチ内にかア
あらくろ　とんびくろ
銭も金もとんでこう

（岩手県気仙郡地方）

あらくろ　とんで来る
銭も金もとんで来る
馬コ(まっ)もちのトンノかな
牛コ持ちのトンノかな
泉がわくやら
古酒香(か)ンがする　香ンがする

（同県江刺郡地方）

やーら　ぐりぐり
とび来るよ
今年はよなか(世の中)のよいように
マッコ(馬)もベココ(牛)も金コもとんで来い

（同県下閉伊郡地方）

豆糠もホガホガ
やれくり　とんで来る
銭も金もとんで来い

（青森県三戸郡地方）

註　正月十五日、すなわち小正月に行われるアラクロスリの歌で、豆糠、モミガラの類をマスに入れ、これを散布しながら、家の周囲、宅地内をめぐる時に唱える。神前に米を供するおひねり、散米の風は、今もこの地方に存する古風で、ニニギノミコトが高千穂降臨の際、稲穂の籾を散布して、雲霧をはらいのけられた故事からか、宮中では大殿祭（おおとのほがい）の折に神祇官の官人等が、内裏に参進して、御殿の四隅に、米、酒、切木綿などを散らし、また出産、産湯の折には、散米を行って、邪気をはらうものとせられた。更に豊前の英彦山では、毎年二月十四、十五の両日に、大講堂の前に、三石六斗の籾をまき、中に松の柱を立てて、五穀成就を祈る松の会という祭があったことを伝える。このアラクロスリは、家宅からヤクを払い、長虫（蛇）、モンモラモチ（土龍）を追うとともに、一面五穀成就を願うものであったと考えられる。そして北するに従い、歌詞が略せられたばかりでなく、その名も下閉伊郡ではヤーラスリ、青森県になるとそういう名称さえも唱えられずに、豆糠もホガホガなどと称している。

鳥追い

ほっち（そちら）のほやろ（馬鹿やろう）
ほやろのてでご（おやじ）
蜂にけっつ（尻）さされて
いたえ（痛）どて
かゆえ（かゆい）どて
泣けやろ　泣けやろ

ホホ　鳥追いだ
いつもにっくい鳥は
四十雀にっくい
頭はって塩はって
塩俵さぶちこんで

（山形県東村山郡地方）

鬼が島へ追ってやれ
追ってやれ
（秋田県平鹿郡地方）

夜ん鳥ホエ
朝鳥ホエ
よ中のよい時
鳥も何もいらねエ
ホーエ　ホーエ
稲食う虫は
あんまり悪い虫で
尻尾（しっぽ）切って頭（かしら）切って
塩俵（しょだら）さ打（ぶち）込んで
天の川さ流せ
天の川さ流せ
（秋田県仙北郡地方）

ホーエ　ホエホエ　ホーエ
ホーエ　ホエホエ　ホーエ
（宮城県宮城郡地方）

註　正月十五日、村々の童たちが一団となり、カネや太鼓をならしながら、家々の門口に立ち、はやし立てる鳥追いの歌である。秋田県山本郡などには、飛ぶ鳥を射て百発百中だったという、蝦夷の酋長恩荷にたのむこみ入った歌もあり、県下にひろく行われるカマクラが、これに結びついている所もある。横手市附近では、正月十二、三日頃から、子供たちは井戸の近くあるいは路傍の雪を固めて、高さ六、七尺、幅一間位のカマド形の雪室をつくり、正面に方形の祭壇を設ける。これをカマクラ（金沢附近では鳥追小屋）という。そして十五日の夜に相集まり、この中にムシロをしき、祭壇には水神さまを祭り、神燈、供物をそなえ、カマクラの中で餅をやき、甘酒をわかして飲み、大人もこれに参拝して子供たちとよろこびを共にする。所によりこの時カマクラをかざった幣や七五三縄の類を、田圃にもち出して焼くので、田畑をあらす虫や鳥を追うのだとも称している。鳥追いは出羽で盛んで、陸奥で割合に略せられるのは、北越方面との関係からであろう。

手まり歌

お正月は　一にお手かけ　二に銚子
三でよろ昆布はさまれた　はさまれた

註　年頭廻礼の状景で、お手かけは蓬莱台の略式のもの、民間ではノシアワビも用いないで、会席または足高膳様のものに、白米を散らしそれに昆布、干柿を添えたりして、挨拶に先立ちもち出し、お手掛の上で年頭の祝詞をかわしたもので、然る上にお酒をすすめ、昆布、するめを下物とした。

二ン月は　天に天ばた　空見てつけば
春の景色の面白や　おもしろや

註　みちのくの二月は、春の足音がきこえる。残雪が消えて、路が乾く。草履をはいて遊べる。フキのトウが頭をもたげた野で、タコ（天ばた）を上げる。抑えつけられたような陰気な冬から解放せられて、カゲロウの如くうきうきした心を感じる。

三月は　おひなかざりの　そなえもの
餅や白酒、梅の花　梅の花

註　南の国なら桃の節句という。みちのくではやっと梅の蕾がほころびる。ヨモギ餅に白酒、悪気を消除するには桃であるべきであるが、桃がさくにはもう一月も間があるのである。

四ン月は　四月八日はお釈迦の誕生
お釈迦参りに孫つれて　孫つれて

註　花祭りは近年のこと、昔はこうして異国の教主の誕生を記念した。今ではむしろ薬師詣でに、若い衆がさんざめく。

五ン月は　菖蒲さし上げ軒はの下で
子供よりより花いくさ　花いくさ

註　菖蒲とヨモギを軒端にさして屋根をふくと称している。ヤクよけの意であるが、子供たちには花いくさよりも、餅をついてたらふくたべるのが楽しみだった。米を節して麦と粟とをまじえた三穀飯が平常食であった明治年代までは、米過ぎな麦飯がたべられる朔日、十五日、二十八日さえ待たれたものである。

六月は　女ゆかた（女帷子）を奈良ざらし

清水参りに着せ初め　着せ初め

註　本元は京都であろうが、清水観音というものはあちこちにあって、それは六月下旬、夏祭りが行われる。麻をつむいで手織の布を夏着に仕立て、娘に着せて、みずみずしい姿で観音さまに参らせる親心を歌っている。広島では六月十日、三川町のトウカ（稲荷）さんに、初めてユカタ、単衣を着るものとする古風があった。これも同じような心ばえであろう。

七月（しち）は　七夜盆棚御前（おまえ）の線香
切籠（きりこ）ちょうちんかけ行燈（あんどん）　かけ行燈
（七夜おどりのはじまる時は太鼓たたいて面白や面白や）

註　祖霊をむかえて祭り、これを送るウラボンは、十三日から十六日を中心とし、七日、二十日、晦日にもそれぞれ行事がある。盆棚をかまえて飾物、供物をなし、殊に新仏、忌年などには、燈籠木を立て、行燈をかけつるした。行燈は昔ながらに、今でも植物性の油に燈心を浸す。

八月は　芋や豆やのお明月さまに
小袖かしましょうか色小袖　色小袖

註　ジャガイモは二度イモと称せられるが主に夏、甘藷がおくれて入って来たみちのくの芋はイモノコ（里芋）である。従ってどうかすると豆明月の方が前になる。そして実は明月にさきがけて、衣がえをしなければならない。

九ン月は　稲の刈り初め刈り納め
におに積んだる面白さ　面白さ

註　田植と稲刈りとは、百姓たちのいわゆる孫の手も借りたい忙しい時であるとともに、希望とよろこびとが限りなくわき上る時でもある。朝の霜、夕の野分、こがらし、それに得堪えて稲を刈り、ニオ積みにして労苦を忘れる。まさに腹つづみをうちたげな情景である。

十月は　神も仏も一夜で（出雲に）ござる
あとの留守居は福の神　福の神

註　十月は出雲だけが神有月、諸国はひとしく神無月である。神ばかりかは仏さまも同道していただいてよろしいが、福の神まで不在になっては困るというわけである。

十一月は　小雪さらさら降るときは
猫の足跡小落雁　小落雁

註　雪がさらさら降って来る。北風がバサバサと窓や戸をたたく。みちのくには半年の暗い冬が来る。詩情もわかない。深山に炭焼く男などは、ナダレにおびやかされる。イロリを囲んで、ワラ細工、麻糸おみが毎日の仕事になる。犬は元気になるが、コタツに丸くなっている猫も、時に外に出て、菓子の落雁みたいな足跡をのこしている。ほほえましい情景である。

十二月は御帳手にもち金はらい（はたり）
お帳、お札をみな消した　みな消した
また今度貸しやれ　お正月は
おくり正月年かさね
かさねがさねの五本松
あれにまわした
これにまわした
五本松はあるものか
山々山おばさん　金時さん（江戸江戸江戸の人　唐の人）
中でじゃまする奴さん（どんどとせい）
ヒーヤ　フウ　ミーヤ　ヨウ
イツヤ　ムウ　ナナデ　ヤァ
ココデ　トウ
とうとせ　とうりんぼう
花咲き花折り
まつえもたかもり
すけさんからとうつい

いなおさんさぶらい
丁度お前さんさ一丁貸した
貸したと思わば　わし見らしェ
お帳お札らみなくれたみなくれた

（岩手県江刺郡地方）

註　十二月は総じまい、決算の月、昔であったら八日の薬価払いをはじめ、肥料代、小店の掛買、借金の元利等をすまし、或は証文を更え契約を一年のばして、帳付にしたものも証書面のものも一応消してしまう。つまり百姓たちにとっても、金をはたったり、払ったりする大払いの月なので、更にオセッツキと称して、一年分の飯米を精白したり、とに角仕事の大段落をくぎりとした。語調で展開した余句の歌意は、一々詳かにし難く、殊に所によりいろいろなかえ歌が多いので江刺郡志のものとも同じくはないけれど、十二月までをとって来て、それに百姓たちの年中行事が歌いこまれている。興味あるものである。

裏の畑さ青菜コまいて
誰につませべ嫁コもないし
たったお前とわしばかり
とっこべ虎子に馬場松子
大曲ねねこにだまされた

（岩手県和賀郡地方）

註　前三句と後二句とは別のものをつぎ合わせたように見える。虎子、松子、ねねこはともに人をだますという狐で、とっこべは盛岡の城下葺手町、馬場は同じく馬場小路附近、大曲は秋田県である。よく人をだましたが、ある色好みの男が大曲の路をあるいていると、狐が道ばたの流れにのぞみ、それを水鏡にしながら、木の葉を頭にのせて、水をふりかけふりかけ若い女に化けていた。だまされてなるものかと、そっと後をつけて行くと、化けた女は大きな百姓家に入った。障子の穴からのぞいて見ると、まさに祝言の最中である。花ムコと相対してすわっているのは、まぎれもない化けた狐である。「おいそれは狐だぞ、あぶない、あぶない」と大きな声を出すと、後から肩をたたかれて、「何をしてるんか、お前こそあぶない」と言われ、気がついて見ると道のまん中で、馬のお尻をのぞいていたという物語が、この手まり歌の背景になっている。

とんとん殿様どちござる
お嬢おまんの帯買いに
お嬢に下さる帯ならば
あんまり広いのもいりません
しめて見たらばちまちまと
たたんで見たらばふくふくと
なんどのおすまにおいたらば
あねごにひかれてお腹立つ
そんなにお腹が立つならば
金やの金でもあげますか
それでもお腹が立つならば
さつやのさつでもあげやすか
それでもお腹が立つならば

たんす長持みなあげよ　みなあげよ
きぬぎぬおさまに一ほとおかし

（福島県石川郡地方）

お正月は一に鉄砲鼻たらし
二月は入道坊主にちょいまなく
三月は梅は三月　さくらは四月
あやめかきつばた五月さく
六月は女かたびら
七月はざんこざんこで
八月ははっとべろべろ
九月はお祭りそろえて面白や
十月は神も仏も出雲の国よ
あとの留守居は福の神
さんがよいとん　一貫貸した

（岩手県江刺郡地方）

註　意を解し難い点もあるが、ザンコザンコは鹿踊り、はっとはうどん、ソウメンの類をいう。

萱の中のきりぎりす

だれに逢うとてカネつけた
おばさに逢うとてカネつけた
おばさのみやげに何もらた
油にしろとて胡麻一升
元結にしろとて紙一帖
金の手箱に入れたれば
よくなしお姫にスッカリぬすまれたァとさ
一ツコついた

（会津地方）

註　カネつけるとは、婦人の歯を染めたオハグロをつけた風で、今は行われなくなった。元結はやはり結髪に用いたもの、桃割れ、島田、マゲなどを結わなくなった現在は、殆ど亡びてしまった。

麦打ち歌

気仙（けせん）坂
七（なな）坂　八（や）坂　九（ここ）の坂
十（と）坂めに　鉋（かんな）をかけて平らめた
それはうそ
御普請かけて平らめた
それもうそ
今なお坂は坂である

恋しくば
尋ねてござれ　山の目さ
山の目の　蘭梅（らんば）の杉を
見あてによ

二本は杉　三本はさくら
四本柳
五本目の　鎌倉えびとさがり藤
山の目の
弥吉がおかた（妻）　小なべやき
粟に米
小豆を入れて　七（なな）小鍋

登米（とよま）船
柳井津浦に　つくときは
帯をとき　かもじを投げて
船つなぐ

仙台の
宮城野原の　萩の花
咲きそろい
錦にまさる　萩の花

あんこ（兄）さま
すけべと来たら　おすけやれ
すけたなら
もえぎの蚊帳で　だいてねる
抱いてねて
ねて肌よから
ムコにする

ゆうべ（昨夜）まで
忍んだ裏の　細道を
今朝見れば
七重に垣を　結（ゆ）われたや
結わば結え
七重も八重も　九重も
結うたとて
忍びの道は　つきやせぬ

（宮城県・岩手県南地方）

註　乾いた麦束をハセからおろして、庭一面にしきならべ、フリウチという原始的木器で脱穀した麦打ち歌で、動力器にかわった現在では、麦打ちは殆ど亡びた。しかし曲節をかえて餅つき、籾すり臼ひきの労働歌にもなるが、それすら次第に人手から動力へと移りつつある。やがては歌そのものも亡び去るであろう。

盆おどり歌

サンサ踊らばヤーハイ
品よくおどれ
品がよければ嫁にとる
サンサエ

サンサ来る来る
お庭は狭い
お庭ひろめに太鼓打て
サンサエ

註　盛岡周辺の岩手、紫波両郡に最も盛んに行われ、主として盆踊りに歌われる。これをサンサ（参差）踊りと称し、仙台のサンサ時雨などともに古いサンサの語調を歌い込んでいるだけに、中世に起るものであろう。花がさをかぶり、手甲、きゃはんのいでたちに、黄、赤のしごき帯をだらりとさげた恰好は、女性本位のものと思われるが、太鼓のはやし方も列中に加わり、老若男女がその響きにつれ、円陣をなし身ぶり手ぶり忙しくおどる。夏の夜の庶民的な詩情である。

盆の十六日やみ夜でくらせ
南部の弥六郎　地獄の鬼か（鬼だが蛇だか）
何も残さねエで皆持てッた
地蔵なくべ　寺の十文字で地蔵（和尚）なくべ

註　旧南部藩領の青森県三戸、岩手県の二戸、九戸などの諸郡でうたわれる。東北本線三戸駅の南方六粁ぐらいの所、流され王のおわしたという泉山部落の長谷寺について歌われたものである。時は天正十九年、福岡の宮野城にたてこもる九戸政実の乱が起り、これをしずめるために、各地から軍勢が出動した。八戸侯南部弥六郎もその一人で、出動の途すがら、到る所で寺社が掠奪せられた。長谷寺もその運命を免れなかったわけで、百姓たちは山の中に逃散した。戦争で財がかすめられたり、家が焼かれたりするのは、武力のない寺社、百姓地下人であったから、十字路に立ってひとりとり残された石地蔵にかこつけて、やる瀬なき憤りの声を、こうして盆踊りに残したのである。

ナギァドヤラヨー
ナギァドナサレアェノサート
ナーギァヨエドヤーラヤヨー
　　或はまた
ナナニヤドーヤラーヨー

ナナニヤドナーレー
ターデイヤ　サーエー
ナナニヤドラーエーヨー

註　岩手県二戸郡を中心とし、附近にひろがっている盆踊り歌で、興にのると酒の席でも歌われ、ニヤニヤトヤラーで通用している。調子が珍しい三、三、三というばかりでなしに、歌詞についても方言か訛りか、実はわからぬものとなった古い歌らしい。それでこれをヘブライ語とし、
主権者をしてエホバの神をたたえしめよ
主権者は毛人アイノ族を討ちはらった
一天万乗の主権者をしてエホバの神をたたえしめよ
という意であるという解（川守田英二氏）、また方言として、
なんでもやりましょう
そうすれば何でもできる
わかりました
なんでも大いにやろう
という意（中里義美氏）と二説があるが、原古の庶民生活の影を宿している珍らしいものである。

ヨサレ馴染ァ買てけだ赤い緒の下駄コ
はけば世間の人ァ騒ぐヨサレサーアンヨ
メラシ（娘）ァ居だがと窓から見れば

親父(おやじ)ァよこざで縄なてら
おやじ持ってがら一升飯足れネァ
食ったりかねァだり腹へらし

註　青森県黒石を中心とする津軽地方の盆踊歌よされ節である。その起原については二説がある。一は津軽藩の小身の地侍が弘前城の門番に召されるが、食料、武器一切自弁で、しかも昼夜兼行の苦しい役務であったから、なまじいに知行などもらわぬがまし、百姓になって気楽な生活をするため、世を去るに限るというわけで世を去れ、世を去れと言ったのがもとだといい、一は与三郎という頓智にたけた百姓があり、かつて酒席に気むずかしい名主が列するのをきらい、これを席からはずさせるため、自ら「与三去れ、与三去れ」と諷刺して功を奏し、名主が席を立ってから、この名が起ると説いている。いずれ附会であろうが、概して色っぽい歌が多い。ここに馴染とは女が憎からず思って親しむ男、よこざ（横座）はイロリの主人の座、第三のおやじはゴテ即ち夫、大飯食いの夫をもったために、自分は食ったり食わなんだり、腹をへらすとの謂である。

ネブタ（佞武多）流れろ
まめの葉とっぱれ
ださばだせ
だせよ
よいやさ　よいやさ

註　津軽地方を中心とし、ひろく青森県各地に行われるネブタ祭の歌である。主として木竹をもって、人形、魚鳥、その他種々の骨組をつくり、紙をはり彩色を施し、内に蠟燭を点じ、小なるは二、三人持から大なるは四、五十人持の山車様に加工する。そして夜間、笛、太鼓のにぎやかなはやしに合わせ、この歌をうたいながら掛声勇ましく練り歩く。かつぐ者、押す者、ひく者、観る者、熱狂の巷と化する。七月朔日から七日に至り、七日これを川に流し、河原の宴に歓をつくして散会する。歌の意に佞人流れ去れ、忠臣は止まれ、きらば切れ、切れよというのは、昔、坂上田村麻呂が、こんな出しもので、山中にひそむ夷賊を誘い出し、これを平定したからと伝えられるが、やはり精霊に関係あるものであろう。

方言四季の詩

春になれば氷(しが)モコア解げで
鰌コだの鮒コだの
天井コ取れだと思うベァネー
（夜明げだと思うベァネー）

夏になると水泳(およぎ)コドァ来て
鰌コだの鮒コだの
鬼コ来たど思うベァネー

秋になれば木の葉コ落ぢで
鰌コだの鮒コだの
舟コ来たど思うベァネー

冬になれば氷（しが）モコアはって
鰌コだの鮒コだの
天井コ張っだど思うべァネー

註　秋田県大館地方で吟ずるもの、盛岡のものが相近く、弘前のは更に複雑である。

子守り歌

ねんねこや　ねんねこや
おらえ（私の家）のぼうやは
ねんねしたら
芋だりほど（ほど芋）だり
ほって来て
にるとも焼くとも
してかせべ（食わせよう）
ねんねこや　ねんねこや

ねんねんよ
猫のけつ（尻）に火がはねて
おばァさんたまげて

（岩手県南地方）

お茶かぶった
ねんねはよいこと
ねんねしな

（福島県浜地方）

ねんねん小山の小うさぎが
どうして耳が長いの
おっかさんのおなかにいたときに
椎の実、かやの実たべたので
それでお耳が長いの
ねんねんよいこと
ねんねしな

（同）

お子の守ほどつらいものはない
雨風ふいても宿はなし
人の軒端にたちよれば
ややめが泣くからいぎやれと
うちへ帰れば出ろそれと
早く師走の朔日に

隣りや近所に手をついて
お旦那さまにも手をついて
おかみさんにも手をついて
ながながお世話になりました

（同）

ねんねこや　ねんねこや
一でひどいは子もりの役よ
二でにくまれて
三でさかばれて（叫）
四でしかられて
五でごせやける（腹が立って）
六でろくなものたべさせられぬ
七でしぼられて
八ではたかれて（叩）
九でくどかれて
十でとってもいられぬようで
内へはいれば出れとやれる（言われる）
出ればおぼこさま

おなきなさるし
なじょに（どんなに）しましょうよ
このからだ
ねんねこや　ねんねこや

（岩手県南地方）

ねんねろや
こんころや
おらえ（私の家）のめんこ（愛らしい子）がねーたらば
おちこ（乳）三ばいのーませべ
ねんねろや
こんころや

（宮城県気仙沼地方）

ねんねろや
こんころや
ねたらねずみにとってかれべ（食われるだろう）
おぎだら（起きたら）おがはん（母さん）におごられべ（叱られるだろう）
ねんねろや
こんころや

（同）

わらべ歌

おらあたりのジサの木サ
美し鳥コとまった
なアして（どうして）首たコまがった
腹コへってまがった
腹コへったら下サおりて
物コひろってけエ（食え）や
足コぺっぺく（汚く）なっからやんた
足コぺっぺくなったら川サいって洗えや
ヒビコきれっからやんた
ヒビコきれたらモッチ噛んでくすぐれや
蝿コたがるがらやんた
蝿コたがったら団扇コもってあおげや

寒いからやんた
寒がら酒屋につっぱいれ（寒いこったら酒屋のコタッサつっぺェれ）

（岩手県江刺郡地方）

註　ジサの木は自然木、その実は山雀などの大好物である。手足に土をつけてあらすと、秋から冬にかけて、それがヒビ、赤切れになる。特に薬ももち合わせない百姓たちは、カラスウリの汁を塗ったり、小麦を噛んでモチをつくり、または松、杉などのヤニで、こそぐるように治め、甚しきは皮ごと針で縫合わせて、割目をとじる悲しい心もちが読みこまれている。

花折りさあェぼされ（行きましょう）
何花打りサ
桜花折りサ
一枝（ひとえだ）折ってひっかつぎ
二枝折ってひっかつぎ
三枝目に日がくれて
そばの家（え）コサよったれば
杵のような女郎が
臼のようなさかずきで
一ぺェあがれや客どの
二はいあがれや客どの
お肴なくてあがらんか

おらァだりのお肴は
高い山のたけのこ
低い山のひきのこ
ひっこ、めェっこ、はまぐりめェっこ
にえたかさめたか、すってみろ

（同）

友達な　友達な
花コつむにあェんでごじェ（行きましょう）
何花摘（つ）むに
桜の花つむに
一枝折ってひっかつぎ
二枝折って御手にもち
三枝めに日ァくれて
どこさ宿とる友だちな
そばの小屋サ宿とって
あさま起きて見たれば
杵のような女郎と
臼のような女郎と

黄金のさかずきとり出して
一ぱい参れ客どな
肴なくて参らんか
おらどこの肴は
高い山のたけのこ
低い山のひっこのご
ひっことけェん（貝）こと蛤けェんこと
庭でおどる小雀
ちりんぽろんと飛んでった

（岩手県岩手郡地方）

註　花つみ、花折りが百姓たちに行われるのは、オボンの精霊にそなえる秋草で、風雅のものではなく、町にひさいで現金を手にするためである。桜の花のさく五月、みちのくでは、野良仕事が忙しくなる時で、この歌は夢であり空想を歌っている。ここに女郎とは、単に女の意である。

「おらどこの鼠は
あんまりわアる（悪い）鼠で
仏の油ひぬすんで
ひてエ（額）こびサひなぐって（塗りつけて）
今日の町サえぐベェが

あしたの町サえったれば
犬コにわんとほえられて
うしろきろっと向いたれば
つんきれ（布片）はんきれ（半切）めつけで
染屋で染めで
仕立屋で仕立て」（この部分　紫波郡地方に別詞がある）
太郎坊に着せれば
次郎坊はうらみる
次郎坊さ着せれば
太郎坊は恨みる
京から下った
姫コに着せて
かねの足駄はかせて
かねの杖（ぶぐど）つかせて
かねの笠かぶせて
次郎太郎送ってた（送って行った）
どこまで送った
堂の前に何アあっけ（何があったか）

箱コあっけ（あったっけ）
箱の中に何ァあっけ
息子コァあっけ
むすこの名は何ともす（申す）
八幡太郎と申します
八幡太郎の御厩に
おんま（馬）何匹つうないだ
三十六匹つうないだ
どの馬の毛色ァえ（良い）
中の馬の毛色ァえ
油ぬってどうめって
貝ですった鞍置いて
錦の手綱をふりまいて
のーり出した藤十郎め
どこまで乗ってった
幅（はば）まで乗ってった
幅の上の鼠コァ
あまりわアる鼠で

上の方さもちょろ、ちょろ
下の方さもちょろ、ちょろ
ちょろめぎァすぎて
百に米ァ一石だ
十文に酒ァ十ひしゃげ

（同）

雀こ　雀こ
どこどこさ田作った
柳のうら（末枝）さ田作った
どっ（ここ）から水ひく
うつぎのうらから水ひく
稲なんぼ刈った
一束三把刈った
われや三把ひっちょって
馬こに三把つけて
牛こに三把つけて
長者殿の前を
ジャンボングと通ったれば

犬こにわんとほえられて
あとをきろ(り)っと見たれば
布切(ちんきれ)半切見つけて
洗屋で洗って
すすぎ屋ですすいで
のり屋でのりかって
仕立屋で仕立て（以下岩手郡のものと同じ詞で、「太郎坊に着せれば」がつづく）

（岩手県紫波郡地方）

一の木二の木
三の木　さくら
五葉松　柳
柳のうらさちょうちんかけて
ざっこの腹を
ざんぶと割って
みんず(水)がはねてこんごんだ
こんごん桜さ実がなった
おらえのおど(父)ツァン

（岩手県江刺郡地方）

ボタモチ好きで
ゆんべ七づに
けさまだ五づ
一づのごしてたもどさ入れて
車さのさんベッて
ボッタリおどした

（宮城県気仙沼地方）

向い山で萱刈るは
新五郎どんか五郎どんか
いっ時（一寸）ござってお茶あがれ
お茶のこうには何々
天下一の小箱
中あけて見たれば
赤い鳥が十二
白い鳥も十二
十二の中に
葦毛まっコ（馬）一匹
あっちゃむいてもちょっちょこちょ

こっちゃむいてもちょっちょこちょ
ちょっちょこ鳥にはやされて
たいこたいこめんだいこ
百に米一石
十文酒十ひさげ
十ひさげの娘コは
金(かね)の足駄コはいて
金のブグドコ(杖)ついて
仙台の橋
からんころんと渡ったとサ（岩手県江刺郡地方）

註　萱刈りは、稲刈りがすんで、雪が降る前に、稲刈りであれた痛い手を使う、かなりにつらい初冬の仕事である。しかしこれを刈って置かねば、炭俵もつくれないし、草屋根のふき草にもことかくので、しんぼうして木がらしすさぶ野に山に、お茶の接待をしてくれる人もなしに、そんなことでもあったらと思いながら、刈りとるのである。あるいはこの種のワラベ歌を、子守歌という地方もないではないが、それは添え寝などをしながら、昔話のかわりに歌ってやる、広い意味の子供をあやす物語歌である。

うさぎ　うさぎ　小うさぎ
なして(何故)耳(みみ)　長いの

ササの葉コたべたから
それで耳が長いの

うさぎ　うさぎ　小うさぎ
なしてまァ（目）なく　丸いの
むくろうじ食ん呑んだから
それでまァなく　丸いの

うさぎ　うさぎ　小うさぎ
なして背中　まがった
鍋のつる　背負うたから
それから背中まがった

（岩手県江刺郡地方）

なぞ　なぞ　ななぞう
山ぐるぐる
雪が降るもの
なァぞ（謎）

（同）

註　粉をひくヒキ臼という答を求めるための、ナゾの問いの形式である。今はその石臼も殆ど使わなくなった。

大漁節

大漁だ　万作だ
大漁万作豊年だ
お前百まで
わしゃ九十九まで
ともに白髪の
生えるまで
　稲穂を拾って来なさんせ

正月二日の初夢に
松竹梅と鶴と亀
高砂夫婦のお仲人で
おまえさんと

添えとの夢を見た
（宮城県本吉郡地方）

松島のヤーヨウ
瑞岩寺ほどの　寺もないとや
アリャ　エーイト　ソーラヤ　大リョウダエー
前は海ヤーヨイ
後はしげる小松原だとや
アリャ　エーイト　ソーラヤ　大リョウダエー

松島に　柳はないと
誰かおっしゃったい
なくとも　五大堂の橋は
皆やなぎ
（同県　宮城郡地方）

エース　エース　ヨイワサ
お祝しげれば
おつぼ（庭）の松も　そよそよと
出船には花が咲き

入船には実を結ぶ
お恵比須は
いかなる月日に生まれて来て
ひにち毎日大漁なさる
ヨイヨイ　ヨイドコラサ

（岩手県宮古市附近）

港入り　エンヤヨイ
コベリ（船べり）に水を　エンヤヨイ
のせかけて　エンヤヨイ
五尺のとも印　エンヤヨイ
たてかけて　エンヤヨイ
ロカイの拍子で　エンヤヨイ
旦那の河岸へ　エンヤヨイ
うたえてん　エンヤヨイ
ハーヨイ　ハーヨイ

（同県　釜石市地方）

註　カツオ、マグロの大漁に、よろこび勇んで、八丁ろの音も高らかに港に帰り、旦那の河岸へ着く時の歌。今は発動機船となって、市場への水揚げとなり、いつしか漁猟から遊離して行く。

附録

村の生活から（岩手県）

私は、大正四年三月、W郡S村に生まれた。私が生まれると同時に、バラック建ての小屋のような家がつくられ、二歳の春に、田三反、畑二反をもらって、両親とともに分家になった。もちろん荒壁のまま、建具もそろわない住宅で、ほんの雨露を凌ぐに過ぎない。吹雪の頃になると、屋内でも首をちぢめることが多く、作業場や厩などは、分家してからの働きで、自分の手で建てるのを、当然と考えられていた。二歳の秋になっても、まだ歩けなかった私が、母の背に負われて、隣家に火をもらいに行ったことをおぼえている。父母はマッチを買えなかったのである。

村は奥羽山脈の東に開けた平野のうちに位し、農業で生活しているのだが、適正な経営になると馬二、三頭を飼養して、厩肥をとることに、骨を折らねばならなかったもので、金肥を使うこともなし、多数の家族が同居して、おびただしく労働力をつぎこんだものであった。従って馬もなし家族も少い私の一家では、到底農業で生計を立てるわけには行かず、それかと言って、その頃転落農家がよくやったように、北海道へ夜逃げするにも旅費がなかった。そして母が結婚前に、仕立物や機織などの賃仕事をして、隣村のI氏にあずけ、金融に廻していた十円のカネを資本にして、店をはじめることにした。H町から雑貨を仕入れて来て、農業の片手間にやるので、豆腐もひけば賃仕事もつづけた。

天候の順調な年ですら、村は水が不足する地域なので、水番を置いて引いた不足な水で、稲をつくった。晴天が十日もつづけば、水喧嘩が始まり、夜っぴて不寝番をしても、水を盗まれて、米がよくみのらない。特に分けてもらったのは、新田で水もちがよくない。食いのばしをするためには、麦や稗だけでは足りないで、大根カテをたべる。もっとひどいのは、シイナ団子で、籾がらが唇にさわる。上顎について離れなかった団子を、父にとってもらったこともあった。燈火だけは松やアンドンでなくて、二分シンの石油ランプを使った。それも内にも外にもたった一つで、夜、客でも来ると、店にもち出されたから、あとは真暗だった。母の賃仕立も、父のワラ細工も、この二分シンのランプのうす暗い下で行われたものだった。

本家からもらって来たのは、お膳五枚と箸二人分、私も一人でたべたいとせがんで、母の箸を奪うと、母はだまって食事を中止するのを見て、何故一緒に食べないのだろうと思ったりした。肴など食べることは少くて、それも食べるときは資金に食いこむことを恐れ、私にだけ食べさせられたものであった。

大正八年に弟が生まれた。その頃はやった恐ろしい感冒で、近所の妊婦が大抵は亡くなった間に、母は辛うじて死なずに助かった。この夏、部落に電燈がついた。店にお客さまが来ても、暗闇の中にいることがなくなった。僅か五燭光位のものであったと思われるが、まばゆく目にしみたことを思い出す。ほんとうによいものだと思った。

春から秋にかけて、養蚕が三遍もくり返された。父は遠く隣郡のY村あたりまで、桑を買いに出かけた。私には蚕が恐ろしくて、遠くから見ているだけで、早く虫のいない冬が来ればよいと思ったものだ。しかしこの収入で、家財道具もいくらかずつふえて行ったし、私にも布団をつくってもらって、添寝から独立する時が来た。

大正十年に小学校にあがって、始めて新しい着物をつくってもらった。それまで私の着物や足袋は、母の着古しをつくりかえたものばかりで、恐らく新しい晴着一枚すら買ってくれるゆとりがなかったと思う。学用品もみんなが二枚つづきの紙製石盤なのに、私だけは四枚つづきのものをきばってもらった。本と一緒にくるくるとフロシキに包んで、片方にワラ草履をさし、背負うて通学した。式の日でもなければ、紺かすりの平常着、それもすりきれてアテツギなどの修補の跡があるもので、女の子でも、赤い模様や色附の着物を着て来たような記憶は全然ない。

この頃から、よその田二反を小作することになったが、小作にまわす所だけに、用水が不足する。水喧嘩、雨請いのさわぎのうちに、何遍にもくぎって、水のかかり次第田かきをしたりする父母の労苦も、なみ大抵ではなかった。それでも父母は、農業の仕事を朝晩でかたつけて、お祭りや人の集まりには、欠かさず物売りに出かけた。夜通し寝ないで、四、五十銭の収入を挙げたようだ。そういう晩は、私と弟だけのさびしい留守で、父母の帰宅したのも知らずに眠っている、たよりない留守番だった。こうして働いても、夏になると飯米がなくなる。一升につき一銭安いというだけで、父は町から南京米を買って来た。異臭のためにノドを通らないで、ただ涙ぐんでいる弟を可哀そうに思った。

しかし窮迫は私の家ばかりではなかった。村では私の店から掛買いをしていた醤油代、雑貨品代などが払えないで、未払いのまま越年する百姓たちが次第に多くなった。そして結局焦げついてしまう掛代金が少くなかった。父母がこれ程身を粉にして働いているのに、なぜ払ってくれないのかと、うらめしく思ったものだ。農村不況などいうことは、まだ考えられない私であった。抵当に入れた田、畑が流れ、百姓たちの手を放れ、H町のS、Mなどいう豪商たちの手に渡った。村の半数にのぼる家々から、小作米を馬に積んで、H町にはこばれた。終にはその馬も手離されて、厩からはさびしい朝鮮牛の鳴声が聞こえるようになった。

小学校ではあるものの、四年生ともなれば、遊びほうけてばかりは居られなかった。家に帰ると、養蚕に使うコモを一枚あむことが、私の日課となった。作業小屋をもたない私の家では、脱穀も籾すりも、内庭にムシロをしいてやったものである。籾すりなど、重いドウズルス（土摺ウス）を、父と母と二人だけでひきまわすのを見て居られないで、縄を結んで側から手伝ったもので、「休め」と言われても、父母の仕事の終るまで手伝うと、夜も十二時になることが度々であった。こうして翌朝寝坊をして、学校を遅刻したため、受持の先生から、わけも聞かずに一日立たされたことがある。そしてまたこの立たされたことが、父母に知れないですむようにと、小さな心をいためたことを記憶している。

生来私が弱かったためもあろうか、子供等にはこうした貧しい百姓の生活を、くり返させたくないという親心からでもあったと思う。小学校を卒業した私は、高等女学校に進むこととなった。男女合わせて百三名の卒業生のうち、私一人の進学であった。もっともこういう考えになってくれたのも、家計に幾分の余裕ができたからで、それは外ならぬ爪に火ともす父母の勤苦のたまものであった。H町の女学校では、田舎育ちの生徒が多かっただけに、制服地は綿布であったが、「家には木綿などない」という人もあった。メリンス、縮緬など着て来る町家の娘もあったのに、農村では綿布も買えずに、古着をそのまま着ているような有様であった。

女学校を卒業して、M市の師範の門をたたいた昭和六年、村では村民の賛否のやかましい間に、水田の区画整理が行われた。それにタイアップして、曲りくねった道路がまっすぐに縦横に通じ、H町から乗合自動車が乗込み、沃野をうるおす用水堰も改修されて、W川の水をひくこととなり、夜通しの水ひきも、雨請祭も必要がなくなった。森林が裸になり、採草地も開田せられ、労力の不足には機力が入り、肥料の不足は金肥で補われるに至った。しかし地主と零細農と、貧富の差はいよいよ甚しさを加えるのであった。

第二次世界大戦に突入してからの村の生活は、あわただしかった。昭和十四年に、古くからI村を通るS街道が村道になって、この村を南北に貫く道路が、村民の知らない間に県道になったという、笑えない話もあった。困ったのは、むしろ供出の面から来た。手伝ってくれる人もない私の家では、田が荒れ収量が減って来た。百姓でないから、保有米は少くてよいと言うことで、割当は年毎にふやされた。昆布や豆を常食としなければ、どうしても凌げなかった。

他の家ではどんどんヤミ米を売る。そういうことを見せつけられながら、つましい生活をつづけなければならない。学校の先生としての私の俸給など、だんだん袋が軽くなって行くような気がしてならなかった。

敗戦後の農地改革で、二十年このかた小作して来た土地が自分のものになった。小作人たちは、暫くは恵まれたように見えた。しかしこの村でも、やはり行き所のない人々は、奥羽山脈の裾野の荒地にいどんで、開拓の鍬をふるっている。その小屋は、私たちの分家された当初の住宅よりも、もっと粗末なものである。ヤミ米も安くなった。生活費は低下しない。貯金も減る一方で、この頃は学校にもちよる月々十円のＰＴＡ会費さえとどこおりがちになった。政治にも教育にも、関心がうすい。ボスはまだまだ安泰で、新儀はとかく反乱軍視せられる。考えて見たりすることはやめて、なり行きにまかせ、巻かれたり、流されたりしなければ、とかくこの世は生きにくいのである。

こうして私は三十七年を過ごして来た。上を見れば限りがないけれど、私の今の生活はまだまだ幸福だと言えよう。村には私よりももっともっとつらい目にあい、苦しんだ人は沢山にいる。そこにはさとりはなくて、アキラメばかりの生活がつづく。こういう人々の救われるのはいつの日のことか、しみじみとそれを思う。

（昭和二十六年夏　一女教師の手記）

本文中、現在では用いられない表記・表現がありますが、刊行当時の資料的意味と時代性を尊重し、そのままにしてあります。ご了承ください。

また、再刊にあたり、連絡のとれない関係者のかたがいらっしゃいます。ご存じの方がおられましたら、弊社までご連絡ください。

（編集部注）

[新版] 日本の民話　別巻4
みちのくの百姓たち
一九五八年五月三一日初版第一刷発行
二〇一七年五月一五日新版第一刷発行

定　価　本体二〇〇〇円+税
編　者　及川儀右衛門（おいかわぎえもん）
発行者　西谷能英
発行所　株式会社　未來社
〒一一二―〇〇〇二
東京都文京区小石川三―七―二
電話（〇三）三八一四―五五二一（代表）
振替〇〇一七〇―三―八七三八五
http://www.miraisha.co.jp/
info@miraisha.co.jp

装　幀　伊勢功治
印刷・製本　萩原印刷
ISBN978-4-624-93579-5 C0391
©Kazuko Hamada 2017

〔新版〕日本の民話

（消費税別）

1 信濃の民話 *二二〇〇円
2 岩手の民話 *二〇〇〇円
3 越後の民話 第一集 *二二〇〇円
4 伊豆の民話 *二〇〇〇円
5 讃岐の民話 *二〇〇〇円
6 出羽の民話 *二〇〇〇円
7 津軽の民話 *二〇〇〇円
8 阿波の民話 第一集 *二〇〇〇円
9 伊豫の民話 *二二〇〇円
10 秋田の民話 *二二〇〇円
11 沖縄の民話 *二〇〇〇円
12 出雲の民話 *二〇〇〇円
13 福島の民話 第一集 *二〇〇〇円
14 日向の民話 第一集 *二〇〇〇円
15 飛驒の民話 *二二〇〇円
16 大阪の民話 *二〇〇〇円
17 甲斐の民話 *二〇〇〇円
18 佐渡の民話 第一集 *二〇〇〇円
19 神奈川の民話 *二〇〇〇円
20 上州の民話 第一集 *二〇〇〇円
21 加賀・能登の民話 第一集 *二二〇〇円
22 安芸・備後の民話 第一集 *二二〇〇円
23 安芸・備後の民話 第二集 *二〇〇〇円
24 宮城の民話 *二二〇〇円
25 兵庫の民話 *二〇〇〇円
26 房総の民話 *二〇〇〇円

*＝既刊

27 肥後の民話 ＊二〇〇〇円
28 薩摩・大隅の民話 ＊二〇〇〇円
29 周防・長門の民話 第一集 ＊二二〇〇円
30 福岡の民話 第一集 ＊二〇〇〇円
31 伊勢・志摩の民話 ＊二〇〇〇円
32 栃木の民話 第一集 ＊二〇〇〇円
33 種子島の民話 第一集 ＊二〇〇〇円
34 種子島の民話 第二集 ＊二〇〇〇円
35 越中の民話 第一集 ＊二二〇〇円
36 岡山の民話 ＊二〇〇〇円
37 屋久島の民話 第一集 ＊二〇〇〇円
38 屋久島の民話 第二集 ＊二〇〇〇円
39 栃木の民話 第二集 ＊二二〇〇円
40 八丈島の民話 ＊二〇〇〇円
41 京都の民話 ＊二〇〇〇円

42 福島の民話 第二集 ＊二〇〇〇円
43 日向の民話 第二集 ＊二〇〇〇円
44 若狭・越前の民話 第一集 ＊二二〇〇円
45 阿波の民話 第二集 ＊二〇〇〇円
46 周防・長門の民話 第二集 ＊二二〇〇円
47 天草の民話 ＊二〇〇〇円
48 長崎の民話 ＊二〇〇〇円
49 大分の民話 第一集 ＊二〇〇〇円
50 遠江・駿河の民話 ＊二〇〇〇円
51 美濃の民話 第一集 ＊二〇〇〇円
52 福岡の民話 第二集 ＊二二〇〇円
53 土佐の民話 第一集 ＊二二〇〇円
54 土佐の民話 第二集 ＊二二〇〇円
55 越中の民話 第二集 ＊二〇〇〇円
56 紀州の民話 ＊二〇〇〇円

57　埼玉の民話　＊二〇〇〇円
58　加賀・能登の民話　第二集　＊二二〇〇円
59　大分の民話　第二集　＊二〇〇〇円
60　佐賀の民話　第一集　＊二〇〇〇円
61　鳥取の民話　＊二〇〇〇円
62　茨城の民話　第一集　＊二二〇〇円
63　美濃の民話　第二集　＊二〇〇〇円
64　上州の民話　第二集　＊二〇〇〇円
65　三河の民話　＊二二〇〇円
66　尾張の民話　＊二二〇〇円
67　石見の民話　第一集　＊二〇〇〇円
68　石見の民話　第二集　＊二〇〇〇円
69　佐渡の民話　第二集　＊二〇〇〇円
70　越後の民話　第二集　＊二〇〇〇円
71　佐賀の民話　第二集　＊二〇〇〇円

72　茨城の民話　第二集　＊二〇〇〇円
73　若狭・越前の民話　第二集　＊二〇〇〇円
74　近江の民話　＊二〇〇〇円
75　奈良の民話　＊二〇〇〇円
別巻1　みちのくの民話　＊二〇〇〇円
別巻2　みちのくの長者たち　＊二〇〇〇円
別巻3　みちのくの和尚たち　＊二〇〇〇円
別巻4　みちのくの百姓たち　＊二〇〇〇円